凝煉知識品味閱讀

凝煉知識品味閱讀

平成式 日本語學習 N4

陳志坪　謝凱雯　/著

にほんご

五南圖書出版公司 印行

＊目　次＊

Unit 1 彼女（かのじょ）はきれいになりました。

一ドラッグストア

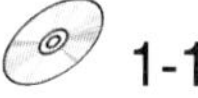 1-1

薬（くすり） 藥、藥品	化粧品（けしょうひん） 化妝品	歯磨き粉（はみがきこ） 牙膏
栄養剤（えいようざい） （サプリメント） dietary supplement 營養補充劑	シャンプー shampoo 洗髮精	歯ブラシ（はブラシ） 牙刷
胃薬（いぐすり） 胃藥	コンディショナー conditioner 潤絲精	虫除けスプレー（むしよけスプレー） 防蚊液
ダイエット食品（しょくひん） 減肥食品	トリートメント treatment 護髮油	
うがい薬（ぐすり） 漱口水	カラーリング剤（ざい） 染髮劑	
塗り薬（ぬりぐすり） 外用藥膏	ボディーソープ body soap 沐浴乳	
のど飴（あめ） 喉糖	クリーム cream 乳液	
湿布（しっぷ） 貼布	ローション lotion 化妝水	

二　文型（ぶんけい）

文型（ぶんけい）1）自動詞（じどうし）

例（れい）1）彼（かれ）・優（やさ）しい・なる

…彼（かれ）は 優（やさ）しくなりました。

例（れい）2）彼（かれ）・元気（げんき）・なる

…彼（かれ）は 元気（げんき）になりました。

例（れい）3）彼（かれ）・先生（せんせい）・なる

…彼（かれ）は 先生（せんせい）になりました。

① 日本円（にほんえん）・安（やす）い・なる

…　　　　　　　　　　　　　　　　　　　　　。

② 彼女（かのじょ）・綺麗（きれい）・なる

…　　　　　　　　　　　　　　　　　　　　　。

③ 太郎君（たろうくん）・大（おお）きい・なる

…　　　　　　　　　　　　　　　　　　　　　。

④ 10月（がつ）・21歳（さい）・なる

…　　　　　　　　　　　　　　　　　　　　　。

⑤ 輸入品（ゆにゅうひん）の値段（ねだん）・高（たか）い・なる

…　　　　　　　　　　　　　　　　　　　　　。

⑥ 英語（えいご）・上手（じょうず）・なる

…　　　　　　　　　　　　　　　　　　　　　。

⑦肌・黒い・なる

…＿＿＿＿＿＿＿＿＿＿＿＿＿＿＿＿＿＿＿＿。

⑧彼・部長・なる

…＿＿＿＿＿＿＿＿＿＿＿＿＿＿＿＿＿＿＿＿。

⑨妻の料理・おいしい・なる

…＿＿＿＿＿＿＿＿＿＿＿＿＿＿＿＿＿＿＿＿。

⑩地下鉄ができる・便利・なる

…＿＿＿＿＿＿＿＿＿＿＿＿＿＿＿＿＿＿＿＿。

Q：日本は　もう寒くなりましたか。
A：

文型2）他動詞

例1）ズボン[1]・短い・する

…ズボンを短くします。

例2）部屋・綺麗・する

…部屋を綺麗にします。

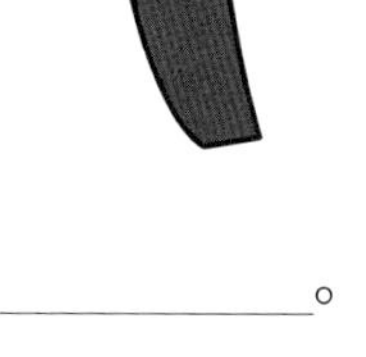

①教室・明るい・する

…＿＿＿＿＿＿＿＿＿＿＿＿＿＿＿＿＿＿＿＿。

②家・新しい・する

…＿＿＿＿＿＿＿＿＿＿＿＿＿＿＿＿＿＿＿＿。

1　ズボン　（jupon）法語，長褲的意思，「半ズボン」是短褲的意思。

③ 髪（かみ）・短（みじか）い・する

…＿＿＿＿＿＿＿＿＿＿＿＿＿＿＿＿＿＿＿＿＿＿＿＿。

④ ご飯（はん）の量（りょう）・半分（はんぶん）・する

…＿＿＿＿＿＿＿＿＿＿＿＿＿＿＿＿＿＿＿＿＿＿＿＿。

⑤ 話（はな）し方（かた）・丁寧（ていねい）・する

…＿＿＿＿＿＿＿＿＿＿＿＿＿＿＿＿＿＿＿＿＿＿＿＿。

Q：もう遅（おそ）いですから、静（しず）かにしてください。
A：

文型（ぶんけい）3）選択（せんたく）

例（れい））コーヒー・する

…コーヒーにします。

① 泊（と）まるところ・カプセルホテル[2]・する

…＿＿＿＿＿＿＿＿＿＿＿＿＿＿＿＿＿＿＿＿＿＿＿＿。

② 両面（りょうめん）コピー・する

…＿＿＿＿＿＿＿＿＿＿＿＿＿＿＿＿＿＿＿＿＿＿＿＿。

③ 部屋（へや）・ツイン[3]・する

…＿＿＿＿＿＿＿＿＿＿＿＿＿＿＿＿＿＿＿＿＿＿＿＿。

2　カプセルホテル　和製外來語，膠囊飯店的意思。カプセル（Kapsel）爲德語。

3　ツイン　（twin）雙人房二張床。另外飯店的房間還有シングル（single）單人房、ダブル（double）雙人房一張床。

④ 会議（かいぎ）の時間（じかん）・6時（じ）・する

…＿＿＿＿＿＿＿＿＿＿＿＿＿＿＿＿＿＿＿＿＿＿＿＿。

⑤ 引越（ひっこ）し・来月（らいげつ）・する

…＿＿＿＿＿＿＿＿＿＿＿＿＿＿＿＿＿＿＿＿＿＿＿＿。

Q：晩御飯（ばんごはん）は　何（なに）にしますか。
A：

文型（けい）4）かかる

例（れい））このスカート[4]・一万円（いちまんえん）

…このスカートは1万円（まんえん）します。

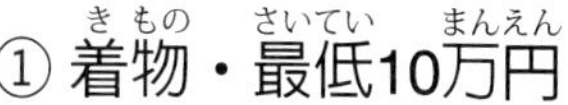

① 着物（きもの）・最低（さいてい）10万円（まんえん）

…＿＿＿＿＿＿＿＿＿＿＿＿＿＿＿＿＿＿＿＿＿＿＿＿。

② このメロン・5000円（えん）

…＿＿＿＿＿＿＿＿＿＿＿＿＿＿＿＿＿＿＿＿＿＿＿＿。

③ レンタカー[5]・一日（いちにち）8000円（えん）

…＿＿＿＿＿＿＿＿＿＿＿＿＿＿＿＿＿＿＿＿＿＿＿＿。

④ イヤホン[6]・2000円（えん）ぐらい

…＿＿＿＿＿＿＿＿＿＿＿＿＿＿＿＿＿＿＿＿＿＿＿＿。

---

4 スカート　（skirt）裙子。

5 レンタカー　（rental car）出租車。

6 イヤホン　（earphone）塞進耳朵內的耳機，另外ヘッドホン（headphone）是套在耳朵上的耳機。

⑤ 台北(たいぺい)から高雄(たかお)まで・往復(おうふく)で・いくら

…＿＿＿＿＿＿＿＿＿＿＿＿＿＿＿＿＿＿＿＿。

Q：日本(にほん)で懐石料理(かいせきりょうり)を食(た)べるのに いくらしますか。
A：

文型(ぶんけい)5）い形容詞(けいようし)・な形容詞(けいようし)+動詞(どうし)

例(れい)1）速(はや)い・走(はし)る

…速(はや)く走(はし)ります。

例(れい)2）元気(げんき)・働(はたら)く

…元気(げんき)に働(はたら)きます。

① 内容(ないよう)・詳(くわ)しい・説明(せつめい)する

…＿＿＿＿＿＿＿＿＿＿＿＿＿＿＿＿＿＿＿＿。

② 字(じ)・大(おお)きい・書(か)く

…＿＿＿＿＿＿＿＿＿＿＿＿＿＿＿＿＿＿＿＿。

③ 野菜(やさい)・細(こま)かい・切(き)る

…＿＿＿＿＿＿＿＿＿＿＿＿＿＿＿＿＿＿＿＿。

④ ボタン[7]・強(つよ)い・押(お)す

…＿＿＿＿＿＿＿＿＿＿＿＿＿＿＿＿＿＿＿＿。

⑤ パン・薄(うす)い・切(き)る

…＿＿＿＿＿＿＿＿＿＿＿＿＿＿＿＿＿＿＿＿。

7　ボタン　（button）按鈕，紐扣。

⑥ 資料（しりょう）・丁寧（ていねい）・読（よ）む

…＿＿＿＿＿＿＿＿＿＿＿＿＿＿＿＿＿＿＿＿＿＿＿＿＿＿＿＿＿。

⑦ 野菜（やさい）・きれい・洗（あら）う

…＿＿＿＿＿＿＿＿＿＿＿＿＿＿＿＿＿＿＿＿＿＿＿＿＿＿＿＿＿。

⑧ 水（みず）・大切（たいせつ）・使（つか）う

…＿＿＿＿＿＿＿＿＿＿＿＿＿＿＿＿＿＿＿＿＿＿＿＿＿＿＿＿＿。

⑨ スケジュール[8]・簡単（かんたん）・説明（せつめい）する

…＿＿＿＿＿＿＿＿＿＿＿＿＿＿＿＿＿＿＿＿＿＿＿＿＿＿＿＿＿。

⑩ ケーキ・上手（じょうず）・焼（や）く

…＿＿＿＿＿＿＿＿＿＿＿＿＿＿＿＿＿＿＿＿＿＿＿＿＿＿＿＿＿。

Q：給料（きゅうりょう）を自由（じゆう）に使（つか）っていますか。
A：

8 スケジュール　（schedule）時間表、預定行程。

三 応用会話

1-2

場面：ドラッグストア

店員A：何かお探しですか。

出野：えっと、髪の色を もっと明るくしたいんですが。

店員A：カラーリング剤ですね。階段の下にありますよ。

出野：はい、どうも。

（売り場）

出野：すみません、そのローションを 見せてください。

店員B：はい、どうぞ。このローションは 新発売の商品です。

出野：そうですか。5800円も しますか。

店員B：ええ、丁寧に 作っていますから。

でも、使用量は 他のローションの半分にしても十分[9]です。

出野：うーん、ちょっと高いです。やっぱり[10]やめます。

今日は カラーリング剤だけにします。

店員B：はい、ありがとうございます。1280円になります。

---

9 十分　足夠、完成的意思。

10 やっぱり　副詞，是やはり強調口語化，有果然、仍然、還是……等意思。

四 総合練習

練習 1)（　　）の中から適当なことばを選んでください。

① 子どもは だんだん（a.大きいに　b.大きく）なります。

② 日本料理は（a.おいしくて　b.おいしく）きれいです。

③ 高雄は（a.きれいに　b.きれく）なりました。

④（a.暗く　b.暗い）なって、何も見えません。

⑤ すみませんが、テレビの音を（a.小さい　b.小さく）してください。

⑥ もうすぐ春です。だんだん（a.暖かい　b.暖かく）なってきました。

⑦ みんなが帰ったので、部屋が静かに（a.なりました　b.しました）。

⑧ 最近、日本語が上手に（a.なりました　b.しました）。

⑨ 明日少し（a.早い　b.早く）学校へ来てください。

⑩ 字をもっと（a.丁寧に　b.丁寧で）書いてください。

練習 2)（　　）の中から適当なことばを選んでください。

①（a.はやく　b.だんだん　c.もうすぐ）12時です。

② 私は あとで 使いますから、（a.始めて　b.始め　c.お先に）どうぞ。

③ 日曜日は うちで（a.ゆっくり　b.はっきり　c.きっと）休みます。

④ 昼ご飯は（a.もう　b.まだ　c.これから）食べていません。

⑤ 私は（a.やはり　b.どうも　c.たいてい）日本料理が好きです。

⑥ テーブルの上を（a.きれいに　b.はっきり　c.ずいぶん）拭いて
おいてください。

⑦ いろいろな所（ところ）を 捜（さが）しました。（a.しかし　b.じゃ　c.そして）

ありませんでした。

⑧ これを捨（す）てないでください。まだ（a.十分（じゅうぶん）　b.たくさん　c.かなり）

使（つか）えます。

⑨ レポートは できるだけ（a.絶対（ぜったい）に　b.簡単（かんたん）に　c.ほんとうに）

まとめてください。

⑩ 休（やす）むときは（a.たいてい　b.必（かなら）ず　c.ぜひ）連絡（れんらく）してください。

アクセントの確認（かくにん）

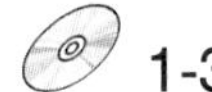
1-3

文型（ぶんけい）1）

① にほんえんは　やすくなりました。

② かのじょは　きれいに　なりました。

③ たろうくんは　おおきくなりました。

④ じゅうがつで　にじゅういっさいに　なりました。

⑤ ゆにゅうひんのねだんは　たかくなりました。

⑥ えいごは　じょうずに　なりました。

⑦ はだは　くろくなりました。

⑧ かれは　ぶちょうに　なりました。

⑨ つまのりょうりは　おいしくなりました。

⑩ ちかてつが　できてから、べんりに　なりました。

文型（ぶんけい）2）

① きょうしつを　あかるくします。

② いえを　あたらしくします。

③ かみを　みじかくします。

④ ごはんのりょうを　はんぶんにします。

⑤ はなしかたを　ていねいにします。

文型(ぶんけい)3）

① とまるところは カプセルホテルに します。

② りょうめんコピーに します。

③ へやは ツインに します。

④ かいぎのじかんは ろくじに します。

⑤ ひっこしは らいげつに します。

文型(ぶんけい)4）

① きものは さいてい じゅうまんえんします。

② このメロンは ごせんえんします。

③ レンタカーは いちにちはっせんえんします。

④ ヤイホンは にせんえんぐらいします。

⑤ たいぺいから たかおまでは おうふくで いくらしますか。

文型(ぶんけい)5）

① ないようを くわしくせつめいします。

② じを おおきくかきます。

③ やさいを こまかくきります。

④ ボタンを つよくおします。

⑤ パンを うすくきります。

⑥ しりょうを ていねいに よみます。

⑦ やさいを　きれいに　あらいます。

⑧ みずを　たいせつに　つかいます。

⑨ スケジュールを　かんたんに　せつめいします。

⑩ ケーキを　じょうずに　やきます。

日本の歴史

縄文時代 （B.C.1万年頃〜B.C.200年頃）	春秋・戦国時代 （B.C.1066〜B.C.221） 秦（B.C.221〜B.C.206）
弥生時代 （B.C.200〜A.D.3世紀頃）	漢（B.C.206〜A.D.220）
大和時代 （A.D.3世紀頃〜710年） 聖徳太子	三国（A.D.220〜A.D.280） 晋（A.D.265〜A.D.316） 五胡十六國 （A.D.317〜A.D.439） 南北朝（A.D.420〜A.D.280） 隋（A.D.581〜A.D.618）
奈良時代（710年〜794年）	唐（A.D.618〜A.D.907）
平安時代（794年〜1192年）	五代十國 （A.D.907〜A.D.979）
鎌倉時代（1192年〜1333年） 源頼朝	宋（A.D.960〜A.D.1279） 元（A.D.1279〜A.D.1368）

日本	中国
室町時代（むろまちじだい）（1338年（ねん）～1573年（ねん）） 足利尊氏（あしかがたかうじ）	明（みん）（A.D.1368～A.D.1644）
戦国時代（せんごくじだい）（1477年（ねん）～1573年（ねん））	
安土桃山時代（あづちももやまじだい）（1573年（ねん）～1603年（ねん）） 織田信長（おだのぶなが） 豊臣秀吉（とよとみひでよし）	
江戸時代（えどじだい）（1603年（ねん）～1868年（ねん）） 徳川家康（とくがわいえやす）	清（しん）（A.D.1644～A.D.1911）
明治時代（めいじじだい）（1868年（ねん）～1912年（ねん）） 明治維新（めいじいしん）（1868年（ねん））	
大正（たいしょう）・昭和（しょうわ）・平成時代（へいせいじだい） （1912-1927、1927-1989、1989～現在（げんざい））	中華民國（ちゅうかみんこく）（A.D.1911～）

Unit 2 日本人（にほんじん）は歩（ある）くのが速（はや）いです。

一 温泉旅館（おんせんりょかん）

2-1

一泊二食付き（いっぱくにしょくつき） 住一晚附兩餐	シングル single 單人房	マッサージ massage 按摩	座る（すわる） 坐、坐下
二泊三日（にはくみっか） 三天兩夜	ツイン twin 雙床雙人房	足ツボマッサージ（あしツボマッサージ） 足穴按摩	横になる（よこになる） 躺下、睡覺
温泉（おんせん） 溫泉	ダブル double 單床雙人房	ネイルケア nail care 指甲保養	うつ伏せ（うつぶせ） 趴著、臉朝下
露天風呂（ろてんぶろ） 露天浴場	和室（わしつ） 和室	エステサロン aesthetic salon 美容沙龍	仰向け（あおむけ） 仰著、仰起
湯治（とうじ） 溫泉療養	血行促進（けっこうそくしん） 促進血液循環	サウナ sauna（芬蘭語） 三溫暖	疲労回復（ひろうかいふく） 消除疲勞

二　文型（ぶんけい）

文型（ぶんけい）1）必然結果（ひつぜんけっか）

例（れい））ここ・お金（かね）を 入（い）れます・ジュースが 出（で）ます

…ここに お金（かね）を 入（い）れると、ジュースが 出（で）ます。

① 次（つぎ）の角（かど）[1]を右（みぎ）へ 曲（ま）がります・郵便局（ゆうびんきょく）が あります

… ＿＿＿＿＿＿＿＿＿＿＿＿＿＿＿＿＿＿＿＿。

② 新宿駅（しんじゅくえき）で 降（お）ります・小田急（おだきゅう）デパートが あります

… ＿＿＿＿＿＿＿＿＿＿＿＿＿＿＿＿＿＿＿＿。

③ このつまみ[2]を 右（みぎ）へ 回（まわ）します・音（おと）が 大（おお）きくなります

… ＿＿＿＿＿＿＿＿＿＿＿＿＿＿＿＿＿＿＿＿。

④ 毎日（まいにち） 野菜（やさい）を 食（た）べます・きれいに なります

… ＿＿＿＿＿＿＿＿＿＿＿＿＿＿＿＿＿＿＿＿。

⑤ 春（はる）に なります・天気（てんき）が 暖（あたた）かくなります

… ＿＿＿＿＿＿＿＿＿＿＿＿＿＿＿＿＿＿＿＿。

⑥ このレバー[3]を 引（ひ）きます・いすが 動（うご）きます

… ＿＿＿＿＿＿＿＿＿＿＿＿＿＿＿＿＿＿＿＿。

⑦ このスイッチ[4]を回（まわ）します・電気（でんき）が 明（あか）るくなります

… ＿＿＿＿＿＿＿＿＿＿＿＿＿＿＿＿＿＿＿＿。

---

1 角（かど）　轉角。

2 つまみ　轉鈕。

3 レバー　（lever）把手。

4 スイッチ　（switch）開關。

⑧ これに 触(さわ)ります・水(みず)が でます

…＿＿＿＿＿＿＿＿＿＿＿＿＿＿＿＿＿＿＿＿。

⑨ お金(かね)が ありません・困(こま)ります

…＿＿＿＿＿＿＿＿＿＿＿＿＿＿＿＿＿＿＿＿。

⑩ 雨(あめ)が 降(ふ)ります・道(みち)が 込(こ)みます

…＿＿＿＿＿＿＿＿＿＿＿＿＿＿＿＿＿＿＿＿。

作文(さくぶん)：夏(なつ)に なると、＿＿＿＿＿＿＿＿＿＿＿＿。

文型(ぶんけい)2）主観的(しゅかんてき)な判断(はんだん)

例(れい)）彼(かれ)・走(はし)ります・遅(おそ)いです

…彼(かれ)は 走(はし)るのが 遅(おそ)いです。

① 日本人(にほんじん)・歩(ある)きます・速(はや)いです

…＿＿＿＿＿＿＿＿＿＿＿＿＿＿＿＿＿＿＿＿。

② 彼女(かのじょ)・温泉(おんせん)に入(はい)ります・好(す)きです

…＿＿＿＿＿＿＿＿＿＿＿＿＿＿＿＿＿＿＿＿。

③ 台湾人(たいわんじん)・勉強(べんきょう)します・嫌(きら)いです

…＿＿＿＿＿＿＿＿＿＿＿＿＿＿＿＿＿＿＿＿。

④ 山田(やまだ)さん・子供(こども)を褒(ほ)めます・上手(じょうず)です

…＿＿＿＿＿＿＿＿＿＿＿＿＿＿＿＿＿＿＿＿。

⑤ 鈴木(すずき)さん・料理(りょうり)を作(つく)ります・下手(へた)です

…＿＿＿＿＿＿＿＿＿＿＿＿＿＿＿＿＿＿＿＿。

Q：一人(ひとり)で旅行(りょこう)するのが 好(す)きですか。
A：

文型(ぶんけい)3）客観的(きゃっかんてき)な判断(はんだん)

例(れい)）人(ひと)の悪口(わるくち)・言(い)います・よくない

…人(ひと)の悪口(わるくち)を言(い)うのは よくないです。

① 毎日(まいにち) 早(はや)く起(お)きます・大変(たいへん)

…＿＿＿＿＿＿＿＿＿＿＿＿＿＿＿＿＿＿＿＿。

② 友達(ともだち)とおしゃべりします・楽(たの)しい

…＿＿＿＿＿＿＿＿＿＿＿＿＿＿＿＿＿＿＿＿。

③ 朝(あさ)ご飯(はん)を食(た)べません・体(からだ)に悪(わる)い

…＿＿＿＿＿＿＿＿＿＿＿＿＿＿＿＿＿＿＿＿。

④ 何(なん)でも人(ひと)のせい[5]にします・だめ

…＿＿＿＿＿＿＿＿＿＿＿＿＿＿＿＿＿＿＿＿。

⑤ 間食(かんしょく)をします・太(ふと)る原因(げんいん)

…＿＿＿＿＿＿＿＿＿＿＿＿＿＿＿＿＿＿＿＿。

Q：皆(みな)で食事(しょくじ)するのは 楽(たの)しいですか。
A：

5　せい　怪罪別人，不好的原因用「せいで」，好的原因、托你的福用「おかげで」

文型4）目的・用途

例）風呂敷・荷物を包みます・使います

…風呂敷[6]は荷物を包むのに 使います。

① ミキサー[7]・野菜を混ぜます・使います。

…＿＿＿＿＿＿＿＿＿＿＿＿＿＿＿＿＿＿＿＿。

② 駅から遠いから・会社に通います[8]・不便です

…＿＿＿＿＿＿＿＿＿＿＿＿＿＿＿＿＿＿＿＿。

③ 携帯電話は 人に連絡します・便利です

…＿＿＿＿＿＿＿＿＿＿＿＿＿＿＿＿＿＿＿＿。

④ 日本へ留学します・いくらかかりますか

…＿＿＿＿＿＿＿＿＿＿＿＿＿＿＿＿＿＿＿＿。

⑤ 車を修理します・1 週 間かかります

…＿＿＿＿＿＿＿＿＿＿＿＿＿＿＿＿＿＿＿＿。

Q：台湾で結婚するのに どのくらいかかりますか。
A：

文型5）動詞の 修 飾 語

例）彼・言います・忘れます

…彼に言うのを 忘れました。

6 風呂敷　日本傳統上用來搬運或收納物品的包袱布。

7 ミキサー　（mixer）果汁機。

8 通う　一定的期間內、定期的去通勤，通學，去醫院。

①あした社長が来ます・知っていますか

…＿＿＿＿＿＿＿＿＿＿＿＿＿＿＿＿＿＿＿＿＿＿＿＿＿＿＿＿。

②高雄に地下鉄ができました[9]・知りませんでした

…＿＿＿＿＿＿＿＿＿＿＿＿＿＿＿＿＿＿＿＿＿＿＿＿＿＿＿＿。

③森さんが会社を辞めます・知っていますか

…＿＿＿＿＿＿＿＿＿＿＿＿＿＿＿＿＿＿＿＿＿＿＿＿＿＿＿＿。

④野球の試合で日本が台湾に勝ちました・知っていますか

…＿＿＿＿＿＿＿＿＿＿＿＿＿＿＿＿＿＿＿＿＿＿＿＿＿＿＿＿。

⑤でかけるとき、電気を消します・忘れます

…＿＿＿＿＿＿＿＿＿＿＿＿＿＿＿＿＿＿＿＿＿＿＿＿＿＿＿＿。

Q：財布を持って出かけるのを忘れたことがありますか。
A：

文型6）代名詞

例）日本へ行きます（時間）・いつ

…日本へ行くのはいつですか。

①陳さんが生まれました（ところ）・どこ

…＿＿＿＿＿＿＿＿＿＿＿＿＿＿＿＿＿＿＿＿＿＿＿＿＿＿＿＿。

②いま一番欲しいです（物）・何

…＿＿＿＿＿＿＿＿＿＿＿＿＿＿＿＿＿＿＿＿＿＿＿＿＿＿＿＿。

[9] できる　會、可以、完成、做好、蓋好……等意思。

③ 一年で一番忙しいです（時期）・いつ

…＿＿＿＿＿＿＿＿＿＿＿＿＿＿＿＿＿＿＿＿＿＿＿＿＿＿＿＿＿＿。

④ 会議に出ます（人）・何人

…＿＿＿＿＿＿＿＿＿＿＿＿＿＿＿＿＿＿＿＿＿＿＿＿＿＿＿＿＿＿。

⑤ 飛行機が着きます（時間）・何時

…＿＿＿＿＿＿＿＿＿＿＿＿＿＿＿＿＿＿＿＿＿＿＿＿＿＿＿＿＿＿。

Q：初めて飛行機に乗ったのは いつですか。
A：

三 応用会話

2-2

場面：レストランで

伊藤：お久しぶりですね。綺麗に なりましたね。

出野：ありがとうございます。実は いまダイエットしています。足を 細くしたいですから、寝るとき足が細くなるストッキング[10]を 履いています。

伊藤：ダイエットする必要は ありませんよ。もう 十分綺麗ですよ。

出野：いいえ、まだまだです。女の子は いつも綺麗になりたいです。

店員：ご注文を どうぞ[11]！

出野：ご飯を食べると太りますから、私は サラダにします。

伊藤：えっ、サラダだけですか。バランス[12]があまりよくないですね。炭水化物を 少し食べても肥りませんよ。

出野：そうですか。知りませんでした。じゃ、サンドイッチにします。

伊藤：私は 日替わり[13]ランチ[14]にします。

---

10 ストッキンプ　（stockings）絲襪。

11 ご注文を どうぞ　請點餐。

12 バランス　（balauce）均衡，平衡。

13 日替わり　每天都變、每日更新

14 ランチ　（lunch）午餐。

四 総合練習

練習1）「～のは・～のが・～のを」から一緒に使われる言葉を選んでから、□の中から1つ選んで、文を作ってください。

好きです	上手です	無理です
ないです	楽しいです	速いです
体に悪いです	難しいです	~~気持ちがいいです~~
よくないです	うれしいです	寂しいです
知っています	忘れました	遅いです

例）広いプールで 泳ぎます。

…広いプールで 泳ぐのは 気持ちが いいです。

① 一人で 暗い道を 歩きます。

…一人で 暗い道を ＿＿＿＿＿＿＿＿＿＿＿＿。

② 友達と お茶を 飲みながら 話します。

…友達とお茶を 飲みながら ＿＿＿＿＿＿＿＿＿＿＿＿。

③ 連絡しないで 休みます。

…連絡しないで ＿＿＿＿＿＿＿＿＿＿＿＿。

④ 外国語で レポートを 書きます。

…外国語で レポートを ＿＿＿＿＿＿＿＿＿＿＿＿。

⑤ 食事して すぐ 運動します。

…食事して すぐ ＿＿＿＿＿＿＿＿＿＿＿＿。

⑥ 友達(ともだち)が 全然(ぜんぜん)いません。

…友達(ともだち)が 全然(ぜんぜん)＿＿＿＿＿＿＿＿＿＿＿＿＿＿＿＿。

練習(れんしゅう)2）□の中(なか)から1つ選(えら)んで、文(ぶん)を作(つく)ってください。

買(か)いました	退院(たいいん)します	あります	
育(そだ)てます	~~できました~~	合格(ごうかく)しました	亡(な)くなりました

例(れい)）駅前(えきまえ)に 大(おお)きなレストランができたのを 知(し)っていますか。

① 鈴木(すずき)さんの息子(むすこ)さんが 大学(だいがく)に＿＿＿＿＿＿＿＿を 知(し)りませんでした。

② 陳(ちん)さんが ベンツの車(くるま)を＿＿＿＿＿＿＿＿＿＿＿を 知(し)っていますか。

③ あさって 林(りん)さんが＿＿＿＿＿＿＿＿＿＿＿＿を 知(し)っていますか。

④ きのう山田(やまだ)さんのお父(とう)さんが＿＿＿＿＿＿＿＿＿を 知(し)っていますか。

⑤ 「下流社会(かりゅうしゃかい)」という本(ほん)が＿＿＿＿＿＿＿＿＿＿＿を 知(し)っています。

練習(れんしゅう)3）（　　）の中(なか)から最(もっと)も適当(てきとう)なことばを 選(えら)んでください。

① （a.出(で)かけるとき　b.出(で)かけると　c.出(で)かけて）、「行(い)ってまいります」と 言(い)います。

② 学校(がっこう)へ（a.行(い)くとき　b.行(い)くと　c.行(い)って）、梅田(うめだ)まで 地下鉄(ちかてつ)で（a.行(い)くとき　b.行(い)くと　c.行(い)って）、JRに 乗(の)り換(か)えます。

③ 砂糖(さとう)を（a.入(い)れないで　b.入(はい)らないで）ください。

④ お酒(さけ)を（a.飲(の)むとき　b.飲(の)むと　c.飲(の)んで）、車(くるま)を（a.運転(うんてん)するとき　b.運転(うんてん)すると　c.運転(うんてん)して）、危(あぶ)ないです。

⑤ あの交差点を（a.渡るとき　b.渡ると　c.渡って）まっすぐ（a.行くとき　b.行くと　c.行って）、左に 平成日本語センターが あります。

練習4）（　　）の中の動詞を 正しい形に なおしてください。

また □ の中から最も適当なことばを 選んで記号を 書いてください。

① 砂糖を（入れません…　　　　　　　　）と、（　　）

② 子どもが たくさん（います…　　　　　　　　）と、（　　）

③ お金が（ありません…　　　　　　　　）と、（　　）

④ 雨が（降りません…　　　　　　　　）と、（　　）

⑤ 夜に（なります…　　　　　　　　）と、（　　）

⑥ ボタンを（押します…　　　　　　　　）と、（　　）

a.甘くないです	b.野菜が 高くなります	c.寒くなります
d.エレベーターが 動きます	e.買い物が できません	f.にぎやかです

アクセントの確認（かくにん）

文型（ぶんけい）1）

① つぎのかどを みぎへまがると、ゆうびんきょくが あります。

② しんじゅくえきで おりると、おだきゅうデパートが あります。

③ このつまみを みぎへ まわすと、おとが おおきくなります。

④ まいにち やさいを たべると、きれいに なります。

⑤ はるに なると、てんきが あたたかくなります。

⑥ このレバーを ひくと、いすが うごきます。

⑦ このスイッチを まわすと、でんきが あかるくなります。

⑧ これに さわると、みずが でます。

⑨ おかねが ないと、こまります。

⑩ あめが ふると、みちが こみます。

文型（ぶんけい）2）

① にほんじんは あるくのが はやいです。

② かのじょは おんせんにはいるのが すきです。

③ たいわんじんは べんきょうするのが きらいです。

④ やまださんは こどもをほめるのが じょうずです。

⑤ すずきさんは りょうりをつくるのが へたです。

文型3）

①まいにち はやくおきるのは たいへんです。

②ともだちと おしゃべりするのは たのしいです。

③あさごはんを たべないのは からだにわるいです。

④なんでも ひとのせいに するのは だめです。

⑤かんしょくを するのは ふとるげんいんです。

文型4）

①ミキサーは やさいをまぜるのに つかいます。

②えきからとおいから、かいしゃに かようのに ふべんです。

③けいたいでんわは ひとにれんらくするのに べんりです。

④にほんへ りゅうがくするのに いくらかかりますか。

⑤くるまを しゅうりするのに いっしゅうかんかかります。

文型5）

①あした しゃちょうが くるのを しっていますか。

②たかおに ちかてつが できたのを しりませんでした。

③もりさんが かいしゃを やめるのを しっていますか。

④やきゅうのしあいで にほんが たいわんに かったのを しっていますか。

⑤でかけるとき、でんきを けすのを わすれました。

文型(ぶんけい)6）

① ちんさんが うまれたのは どこですか。

② いま いちばんほしいのは　なんですか。

③ いちねんで いちばんいそがしいのは　いつですか。

④ かいぎに でるのは なんにんですか。

⑤ ひこうきが つくのは なんじですか。

Unit 3 来週からテストなんです。

一「んです」の使い方

使う場面：驚く、不思議

陳さんが帰る準備をしているのを見て

王さん：あ、陳さん、もう帰るんですか？（確認）

陳さん：すみません、きょうは妻の誕生日なんです。（理由の説明）

きょうは妻の誕生日ですから。（事実関係だけを説明）

① 理由を求める

陳さん：嬉しそうですね[1]。何かいいことがあったんですか。（説明を求める）

王さん：あした、恋人に会うんです。（理由の説明）

② 助言を求めるときの前置き

陳さん：洗濯機の使い方がわからないんですが、教えていただけませんか？

接続詞「が」が付くと遠慮がちな言い方になる。

王さん：こうやって使うんですよ。

③ 依頼するときの前置き

陳さん：日本語を勉強したいんですが、いい先生を紹介していただけませんか。

④ 事実描写文（テレビ、ラジオ、新聞などの報道）では、「んです」体を

1　嬉しそうです　好像很開心的樣子。

使わない。

例）ニュースの時間です。今日は東京で大雪なんです。（×）

☆平成知恵袋☆

これまでの勉強

①N　です。　　　　事柄を述べる（感情を含まない）

V　ます。

例1）きょうは休みです。

例2）私は行きます。

②N、Aい、Naな＋ですから。　　　　客観的な事実

V　ますから。

例3）頭が痛いですから、会社を休みました。

新しい文型

「んです」＝日常会話　　　　「のです」＝書き言葉

V普通形　＋んです。（ある感情が入ると、「んです」を使う）

A普通形

Na普通形な

N普通形な

例4）あの人は 日本人です。 → あの人は日本人なんです。

（あなたは中国人だと思っているでしょうが、実はあの人は日本人なんです。）

例5）いつ日本に来ましたか？ → いつ日本に来たんですか？
（私は日本であなたに会えると思いませんでした。とても不思議です。）

二 文型

文型1）疑問・不思議な気持ち

例）いま雨が 降っていますか。

…いま雨が 降っているんですか。

①どうしてエレベーターに 乗りませんか。

…＿＿＿＿＿＿＿＿＿＿＿＿＿＿＿＿＿＿＿＿＿＿＿＿。

②このケーキは 誰が 作りましたか。

…＿＿＿＿＿＿＿＿＿＿＿＿＿＿＿＿＿＿＿＿＿＿＿＿。

③きれいですね。この写真は どこで撮りましたか。

…＿＿＿＿＿＿＿＿＿＿＿＿＿＿＿＿＿＿＿＿＿＿＿＿。

④うるさいですね。何を やっていますか。

…＿＿＿＿＿＿＿＿＿＿＿＿＿＿＿＿＿＿＿＿＿＿＿＿。

⑤日本語が 上 手ですね。どのくらい勉 強 しましたか。

…＿＿＿＿＿＿＿＿＿＿＿＿＿＿＿＿＿＿＿＿＿＿＿＿。

Q：どうして日本語を 勉 強 するんですか。
A：

文型2）補足説明

例1）どうしましたか。（寒い）

…寒いんです。

例2）あしたから休みです。

…あしたから休みなんです。

① どうしたんですか。（気分が悪い）

…＿＿＿＿＿＿＿＿＿＿＿＿＿＿＿＿＿＿＿＿。

② どうしてパーティーに 行かなかったんですか。（出張でした）

…＿＿＿＿＿＿＿＿＿＿＿＿＿＿＿＿＿＿＿＿。

③ どうして遅れたんですか。（残業をしていました）

…＿＿＿＿＿＿＿＿＿＿＿＿＿＿＿＿＿＿＿＿。

④ どうして引越し[2]するんですか。（部屋が狭い）

…＿＿＿＿＿＿＿＿＿＿＿＿＿＿＿＿＿＿＿＿。

⑤ 何を 探しているんですか。（はさみ）

…＿＿＿＿＿＿＿＿＿＿＿＿＿＿＿＿＿＿＿＿。

Q：どうしていつも 一人で 旅行するんですか。
A：

文型3）理由、事情の説明

例）MRTの乗り方が分かりません・教えてください。

…MRTの乗り方が分からないんですが、教えていただけませんか。

① 引越しします・手伝ってください

…＿＿＿＿＿＿＿＿＿＿＿＿＿＿＿＿＿＿＿＿。

2　引越し　搬家。

② 日本語で手紙を 書きました・ちょっと見てください

…＿＿＿＿＿＿＿＿＿＿＿＿＿＿＿＿＿＿＿＿。

③ 空港へ行きたいです・地図を 書いてください

…＿＿＿＿＿＿＿＿＿＿＿＿＿＿＿＿＿＿＿＿。

④ 車 が 故 障 しました・調べてください

…＿＿＿＿＿＿＿＿＿＿＿＿＿＿＿＿＿＿＿＿。

⑤ タクシーに 乗りたいです・タクシー会社に 連絡してください

…＿＿＿＿＿＿＿＿＿＿＿＿＿＿＿＿＿＿＿＿。

Q：高雄駅へ行きたいんですが、連れて行っていただけませんか。
A：

文型4）アドバイスを求める

例）高雄駅へ行きたいです・どのバスに乗る？

…高雄駅へ 行きたいんですが、どのバスに 乗ったらいいですか。

① 電車の時刻 表 の見方が わかりません・誰に聞く？

…＿＿＿＿＿＿＿＿＿＿＿＿＿＿＿＿＿＿＿＿。

② 友達が 結婚します・何をあげる？

…＿＿＿＿＿＿＿＿＿＿＿＿＿＿＿＿＿＿＿＿。

③ 新 しい携帯電話を 買いたいです・どのメーカー[3]のを 買う？

…＿＿＿＿＿＿＿＿＿＿＿＿＿＿＿＿＿＿＿＿。

3　メーカー　（maker）製造商。

④ 段(だん)ボール箱(ばこ)[4]が ほしいです・どこで買(か)う？

…＿＿＿＿＿＿＿＿＿＿＿＿＿＿＿＿＿＿＿＿。

⑤ 部屋(へや)の鍵(かぎ)を なくしました・どうする？

…＿＿＿＿＿＿＿＿＿＿＿＿＿＿＿＿＿＿＿＿。

Q：パソコンを 買(か)いたいんですが、どのメーカーのを 買(か)ったらいいですか。
A：

文型(ぶんけい)5）否定(ひてい)の仮定(かてい)

例(れい)）お金(かね)が ありません・買(か)いません

…お金(かね)が なかったら、買(か)いません。

…お金(かね)が なくても、買(か)いたいです。

① 熱(ねつ)が 下(さ)がりません・会社(かいしゃ)を 休(やす)みます

…＿＿＿＿＿＿＿＿＿＿＿＿＿＿＿＿＿＿＿＿。

…＿＿＿＿＿＿＿＿＿＿＿＿＿＿＿＿＿＿＿＿。

② 英語(えいご)が できません・海外旅行(かいがいりょこう)に 行(い)きません

…＿＿＿＿＿＿＿＿＿＿＿＿＿＿＿＿＿＿＿＿。

…＿＿＿＿＿＿＿＿＿＿＿＿＿＿＿＿＿＿＿＿。

③ 言葉(ことば)の意味(いみ)が わかりません・先生(せんせい)に 聞(き)きます

…＿＿＿＿＿＿＿＿＿＿＿＿＿＿＿＿＿＿＿＿。

…＿＿＿＿＿＿＿＿＿＿＿＿＿＿＿＿＿＿＿＿。

---

4 段(だん)ボール箱(ばこ)　瓦楞紙箱。

④ 急(いそ)ぎません・会議(かいぎ)の時間(じかん)に 間(ま)に合(あ)いません

…＿＿＿＿＿＿＿＿＿＿＿＿＿＿＿＿＿＿＿＿＿＿＿＿＿＿＿＿。

…＿＿＿＿＿＿＿＿＿＿＿＿＿＿＿＿＿＿＿＿＿＿＿＿＿＿＿＿。

⑤ 仕事(しごと)が 終(お)わりません・帰(かえ)りません

…＿＿＿＿＿＿＿＿＿＿＿＿＿＿＿＿＿＿＿＿＿＿＿＿＿＿＿＿。

…＿＿＿＿＿＿＿＿＿＿＿＿＿＿＿＿＿＿＿＿＿＿＿＿＿＿＿＿。

Q：お金(かね)がなかったら、どうしますか。
A：

☆平成知恵袋(へいせいちえぶくろ)☆

普通形(ふつうけい)の復習(ふくしゅう)

	現在(げんざい)	現在否定(げんざいひてい)	過去(かこ)	過去否定(かこひてい)
動詞(どうし)	行(い)く	行(い)かない	行(い)った	行(い)かなかった
	読(よ)む	読(よ)まない	読(よ)んだ	読(よ)まなかった
	起(お)きる	起(お)きない	起(お)きた	起(お)きなかった
	食(た)べる	食(た)べない	食(た)べた	食(た)べなかった
い形容詞(けいようし)	安(やす)い	安(やす)くない	安(やす)かった	安(やす)くなかった
	高(たか)い	高(たか)くない	高(たか)かった	高(たか)くなかった
な形容詞(けいようし)	綺麗(きれい)だ	綺麗(きれい)じゃない	綺麗(きれい)だった	綺麗(きれい)じゃなかった
名詞(めいし)	学生(がくせい)だ	学生(がくせい)じゃない	学生(がくせい)だった	学生(がくせい)じゃなかった

文型6）

例1）会議が　いつ終わりますか？分かりません。

…会議が　いつ終わるか、分かりません。

例2）先生が　来ますか？来ませんか？分かりません。

…先生が　来るかどうか、分かりません。

① 駐車場の出口は　どこですか？分かりません。

…＿＿＿＿＿＿＿＿＿＿。

② 誕生日プレゼントは　何がいいですか？皆で話しています。

…＿＿＿＿＿＿＿＿＿＿。

③ 飛行機は　何時に到着しますか？調べます。

…＿＿＿＿＿＿＿＿＿＿。

④ 連休にどこへ行きますか？主人と相談しています。

…＿＿＿＿＿＿＿＿＿＿。

⑤ この携帯電話を　いくらで売っていますか？知りません。

…＿＿＿＿＿＿＿＿＿＿。

⑥ 荷物が届きましたか？確かめます。

…＿＿＿＿＿＿＿＿＿＿。

⑦ 社長の話は　本当ですか？分かりません。

…＿＿＿＿＿＿＿＿＿＿。

⑧ 答えに間違いがありませんか？ありますか？もう一度見ます。

…＿＿＿＿＿＿＿＿＿＿。

⑨ 桃(もも)に傷(きず)がありませんか？ありますか？確(たし)かめます。

…＿＿＿＿＿＿＿＿＿＿＿＿＿＿＿＿＿＿＿＿＿＿＿＿＿＿＿。

⑩ 陳(ちん)さんは　パーティーに来(き)ますか？来(き)ませんか？もう一度(いちど)聞(き)きます。

…＿＿＿＿＿＿＿＿＿＿＿＿＿＿＿＿＿＿＿＿＿＿＿＿＿＿＿。

Q：今度(こんど)の日本語能力試験(にほんごのうりょくしけん)はいつか、分(わ)かりますか。
A：

三 応用会話

3-1

場面：社員寮で

陳　　：先日は いろいろありがとうございました。

管理人：いいえ、どういたしまして。新しい仕事に慣れましたか。

陳　　：はい、お蔭様で、慣れました。

管理人：それはよかったですね。

陳　　：ところで、どのぐらいガスを使ったか、よく分からないんですが、どうやって調べるんですか。

管理人：部屋のドアのそばにメーター[5]がついていますから、そこを見てください。

陳　　：なるほど[6]。わかりました。ガス代はどこで払うんですか。

管理人：コンビニで払うことができるんですが、自動振り替え[7]にすると、便利ですよ。

陳　　：ああ、そうですか。

管理人：寮の玄関を出ると、右にコンビニがあります。今、案内しましょうか。

陳　　：いいえ、大丈夫です。

5　メーター　(meter) 計量器、計量表。

6　なるほど　原來如此。

7　自動振り替え　自動轉帳。

管理人：そうですか。何か困ったことがあったら、遠慮[8]なく言ってください。

陳　　：ありがとうございます。それでは 行ってきます。

管理人：はい、行ってらっしゃい。

8 遠慮　客氣、迴避、謝絕。

四 総合練習

練習 1）（　　）に適当な助詞を入れてください。

① 会社（　　）遅れたことがありますか。

② お世話（　　）なります。どうぞよろしく。

③ クーラーの調子（　　）おかしいです。

④ 道（　　）分からないんです（　　）、教えてくださいませんか。

⑤ ここ（　　）押す（　　）、ドア（　　）閉まります。

⑥ あした（　　）あさってのほう（　　）都合（　　）いいです。

⑦ 夕食（　　）時間（　　）間に合わないとき、電話（　　）連絡してください。

練習 2）＿★＿に入るものはどれですか。

① ビール＿＿＿ ＿＿＿ ＿＿＿ ＿★＿、数えてください。

1 残っている　　2 か　　3 何本　　4 が

② 新幹線のぞみ109号は＿★＿ ＿＿＿ ＿＿＿ ＿＿＿。

1 出発する　　2 何時に　　3 か　　4 調べます

③ 配達する＿★＿ ＿＿＿ ＿＿＿ ＿＿＿ あります。

1 20キロ以下か　　2どうか　　3 量って　　4 荷物は

④ ＿★＿ ＿＿＿ ＿＿＿ ＿＿＿、確かめます。

1 どう　　2 おいしい　　3 か　　4 か

⑤ あの店＿＿＿ ＿★＿ ＿＿＿ ＿＿＿ ありません。

1 入った　　2 こと　　3 が　　4 に

練習3）□の中から最も適当なことばを選んでから、（　　　）の中の動詞を適当な形にして書きなさい。

行きたいです	見たいです	~~ありません~~	~~遅れました~~
できません	故障です	痛いです	しなければなりません
書きたいです	習いたいです	結婚します	

例1）会議に（遅れたんです）が、誰に（連絡します…連絡したらいいですか）。

例2）細かいお金が（ないんです）が、（貸します…貸してくださいませんか）。

① お腹が＿＿＿＿＿＿が、どの薬を（飲みます…　　　　　　）。

② 日本料理を＿＿＿＿＿＿が、いい先生を（紹介します…　　　　）。

③ 平成日本語学校へ＿＿＿＿＿＿が、地図を（書きます…　　　　）。

④ 今日は修理が＿＿＿＿＿＿が、あしたまで（待ちます…　　　　）。

⑤ 事務所のパソコンが＿＿＿＿＿＿が、どう（します…　　　　）。

⑥ 日本語で論文を＿＿＿＿＿＿が、いい先生を（紹介します…　　）。

⑦ 10時までに会議の準備を＿＿＿＿＿＿が、（手伝います…　　）。

⑧ 歌舞伎を＿＿＿＿＿＿ですが、どこでチケットを（買います…　）。

⑨ 日本人の友達が＿＿＿＿＿＿が、どんなプレゼントを（あげます…

　　　　）。

副詞の練習

（　　）の中から最も適当なことばを選んでください。

① 謝：朝は いつも 5時ごろ起きます。

陳：（a.ずいぶん　b.特に　c.たくさん）早いんですね。

② 謝：（a.最近　b.今度　c.もうすぐ）の運動会に参加したいんですが…

陳：（a.だれか　b.だれも　c.だれでも）参加することができますから、李さんに（a.直接　b.特に　c.きっと）申し込んでください。

③ けさは（a.何か　b.何も　c.何でも）食べませんでした。

④ この靴は（a.はっきり　b.ぴったり　c.しっかり）でした。

⑤ レポートは できるだけ（a.絶対に　b.簡単に　c.ほんとうに）まとめてください。

アクセントの確認(かくにん)

文型(ぶんけい)1）

① どうしてエレベーターに のらないんですか。

② このケーキは だれがつくったんですか。

③ きれいですね。このしゃしんは どこでとったんですか。

④ うるさいですね。なにを やっているんですか。

⑤ にほんごが じょうずですね。どのくらいべんきょうしたんですか。

文型(ぶんけい)2）

① きぶんが わるいんです。

② しゅっちょうだったんです。

③ ざんぎょうをしていたんです。

④ へやが せまいんです。

⑤ はさみをさがしているんです。

文型(ぶんけい)3）

① ひっこしするんですが、てつだって いただけませんか。

② にほんごで てがみを かいたんですが、ちょっとみて いただけませんか。

③ くうこうへ いきたいんですが、ちずを かいて いただけませんか。

④ くるまが こしょうしたんですが、しらべて いただけませんか。

⑤ タクシーに のりたいんですが、タクシーがいしゃに れんらくして いただけませんか。

文型(ぶんけい)4)

①でんしゃの じこくひょうの みかたが わからないんですが、だれに きいたら いいですか。

②ともだちが けっこんするんですが、なにを あげたらいいですか。

③あたらしいけいたいでんわを かいたいんですが、どのメーカーのを かったら いいですか。

④だんボールばこが ほしいんですが、どこで かったらいいですか。

⑤へやのかぎを なくしたんですが、どうしたらいいですか。

文型(ぶんけい)5)

①ねつが さがらなかったら、かいしゃを やすみます。

ねつが さがらなくても、かいしゃを やすみません。

②えいごが できなかったら、かいがいりょこうに いきません。

えいごが できなくても、かいがいりょこうに いきます。

③ことばのいみが わからなかったら、せんせいに ききます。

ことばのいみが わからなくても、せんせいに ききません。

④いそがなかったら、かいぎのじかんに まにあいません。

いそがなくても、かいぎのじかんに まにあいます。

⑤しごとが おわらなかったら、かえりません。

しごとが おわらなくても、かえります。

文型(ぶんけい)6）

① ちゅうしゃじょうの でぐちは どこか、わかりません。

② たんじょうびプレゼントは なにがいいか、みんなではなしています。

③ ひこうきは なんじに とうちゃくするか、しらべます。

④ れんきゅうに どこへ いくか、しゅじんと そうだんしています。

⑤ このけいたいでんわを いくらで うっているか、しりません。

⑥ にもつが とどいたか、たしかめます。

⑦ しゃちょうのはなしは ほんとうか、わかりません。

⑧ こたえに まちがいがないかどうか、もういちど みます。

⑨ ももに きずがないかどうか、たしかめます。

⑩ ちんさんは パーティーにくるかどうか、もういちどききます。

Unit 4 社長（しゃちょう）はあした休（やす）むと言（い）っていました。

一 会社（かいしゃ）

4-1

早退（そうたい） 提早下班	社員旅行（しゃいんりょこう） 員工旅遊	間に合う（まにあう） 來得及	部長（ぶちょう） 經理
遅刻（ちこく） 遲到	社員寮（しゃいんりょう） 員工宿舍	役に立つ（やくにたつ） 幫得上忙	課長（かちょう） 科長
有給休暇（ゆうきゅうきゅうか） 年休	食堂（しょくどう） 餐廳	ボーナス 獎金	係長（かかりちょう） 組長
出張（しゅっちょう） 出差	残業（ざんぎょう） 加班	年金（ねんきん） 年金	ポスト 職位頭銜
会議（かいぎ） 會議	残業手当（ざんぎょうてあて） 加班費	新入社員（しんにゅうしゃいん） 新進職員	出世（しゅっせ） 升官

伝える（つたえる） 傳達	痩せる（やせる） 瘦	優れる（すぐれる） 優秀	逃げる（にげる） 逃跑
戻る（もどる） 回到原處	太る（ふとる） 胖	取り替える（とりかえる） 更換	間違える（まちがえる） 搞錯

二 文型

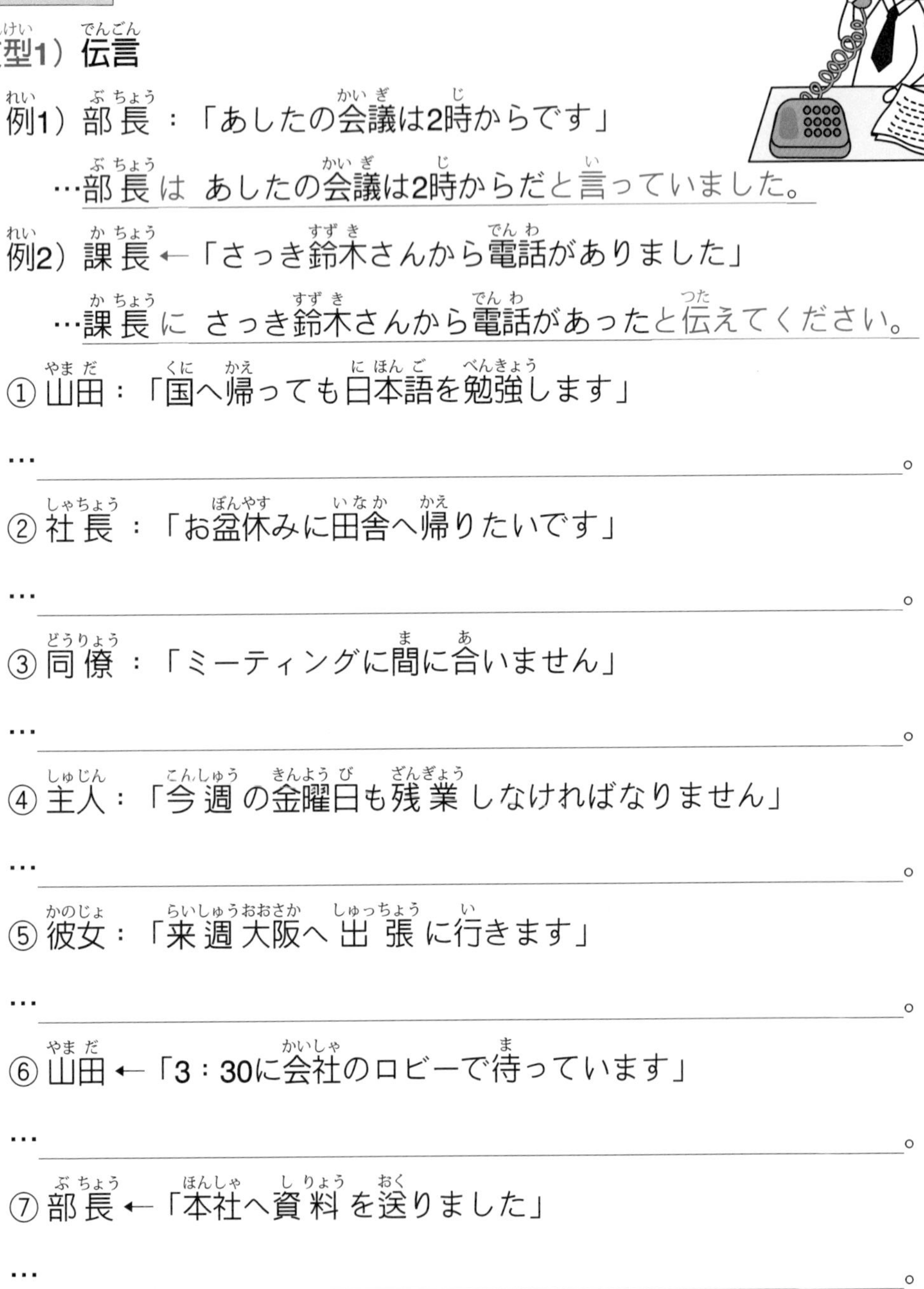

文型1）伝言

例1）部長：「あしたの会議は2時からです」

…部長は　あしたの会議は2時からだと言っていました。

例2）課長←「さっき鈴木さんから電話がありました」

…課長に　さっき鈴木さんから電話があったと伝えてください。

① 山田：「国へ帰っても日本語を勉強します」

…＿＿＿＿＿＿＿＿＿＿＿＿＿＿＿＿＿＿＿＿＿＿＿＿＿＿＿＿。

② 社長：「お盆休みに田舎へ帰りたいです」

…＿＿＿＿＿＿＿＿＿＿＿＿＿＿＿＿＿＿＿＿＿＿＿＿＿＿＿＿。

③ 同僚：「ミーティングに間に合いません」

…＿＿＿＿＿＿＿＿＿＿＿＿＿＿＿＿＿＿＿＿＿＿＿＿＿＿＿＿。

④ 主人：「今週の金曜日も残業しなければなりません」

…＿＿＿＿＿＿＿＿＿＿＿＿＿＿＿＿＿＿＿＿＿＿＿＿＿＿＿＿。

⑤ 彼女：「来週大阪へ出張に行きます」

…＿＿＿＿＿＿＿＿＿＿＿＿＿＿＿＿＿＿＿＿＿＿＿＿＿＿＿＿。

⑥ 山田←「3：30に会社のロビーで待っています」

…＿＿＿＿＿＿＿＿＿＿＿＿＿＿＿＿＿＿＿＿＿＿＿＿＿＿＿＿。

⑦ 部長←「本社へ資料を送りました」

…＿＿＿＿＿＿＿＿＿＿＿＿＿＿＿＿＿＿＿＿＿＿＿＿＿＿＿＿。

⑧ 伊藤(いとう) ←「5時(じ)までに会社(かいしゃ)に戻(もど)ります」

…＿＿＿＿＿＿＿＿＿＿＿＿＿＿＿＿＿＿＿＿。

⑨ 係長(かかりちょう) ←「明日(あした)大阪(おおさか)で会議(かいぎ)があります」

…＿＿＿＿＿＿＿＿＿＿＿＿＿＿＿＿＿＿＿＿。

⑩ 山田(やまだ) ←「今日(きょう)のお昼(ひる)は 食堂(しょくどう)で食(た)べます」

…＿＿＿＿＿＿＿＿＿＿＿＿＿＿＿＿＿＿＿＿。

Q：選挙(せんきょ)のとき、いまの大統領(だいとうりょう)は何(なん)と言(い)っていましたか。
A：

文型(ぶんけい)2）伝聞(でんぶん)

例(れい)1）天気予報(てんきよほう)・あした雨(あめ)が降(ふ)ります

…天気予報(てんきよほう)によると、あした雨(あめ)が 降(ふ)るそうです。

例(れい)2）先生(せんせい)の話(はなし)・この電子辞書(でんしじしょ)は とても使(つか)いやすいです

…先生(せんせい)の話(はなし)によると、この電子辞書(でんしじしょ)は とても使(つか)いやすいそうです。

例(れい)3）友達(ともだち)の話(はなし)・高雄(たかお)の地下鉄(ちかてつ)は とても便利(べんり)です

…友達(ともだち)の話(はなし)によると、高雄(たかお)の地下鉄(ちかてつ)は とても便利(べんり)だそうです。

① けさの新聞(しんぶん)・高雄(たかお)でガスの爆発事件(ばくはつじけん)がありました

…＿＿＿＿＿＿＿＿＿＿＿＿＿＿＿＿＿＿＿＿。

② ラジオ・電車(でんしゃ)で寝(ね)ている人(ひと)が 多(おお)いです

…＿＿＿＿＿＿＿＿＿＿＿＿＿＿＿＿＿＿＿＿。

③ 山田(やまだ)さんの話(はなし)・この会社(かいしゃ)では 残業手当(ざんぎょうてあて)が出(で)ません

…＿＿＿＿＿＿＿＿＿＿＿＿＿＿＿＿＿＿＿＿。

④ テレビ・トマトを 食べると痩せます

…____。

⑤ ニュース・神戸で地震が ありました

…____。

Q：明日の天気は どうですか。
A：

文型3）理由

例1）明日は 雨が降る・気温が下がる・旅行をキャンセル[1]しました

…明日 雨も降るし、気温も下がるし、それで旅行をキャンセルしました。

例2）日本語の先生は 優しい・親切・学生に人気があります

…日本語の先生は 優しいし、親切だし、それに学生に人気があります。

① このカメラは 小さい・軽い・使い方が簡単です

…____。

② このレストランは サービスがいい・値段が安い・よく来るんです

…____。

1　キャンセル（cancel）取消。

③ この車(くるま)は 燃費(ねんぴ)[2]がいい・車内(しゃない)が 広(ひろ)い・買(か)いました

…＿＿＿＿＿＿＿＿＿＿＿＿＿＿＿＿＿＿＿＿＿＿＿＿。

④ 謝先生(しゃせんせい)は まじめ・熱心(ねっしん)な先生(せんせい)・教(おし)え方(かた)が 上手(じょうず)です

…＿＿＿＿＿＿＿＿＿＿＿＿＿＿＿＿＿＿＿＿＿＿＿＿。

⑤ 私(わたし)は 英語(えいご)が できない・飛行機(ひこうき)が 嫌(きら)い・あまり海外旅行(かいがいりょこう)に 行(い)きません

…＿＿＿＿＿＿＿＿＿＿＿＿＿＿＿＿＿＿＿＿＿＿＿＿。

文型(ぶんけい)4） 客観的(きゃっかんてき)な理由(りゆう)

例(れい)1）たくさん寝(ね)ました・元気(げんき)になりました

…たくさん寝(ね)たので、元気(げんき)になりました。

例(れい)2）この洗濯機(せんたくき)は 操作(そうさ)が簡単(かんたん)です・よく売(う)れます

…この洗濯機(せんたくき)は 操作(そうさ)が簡単(かんたん)なので、よく売(う)れます。

① お金(かね)がありません・旅行(りょこう)に行(い)きません

…＿＿＿＿＿＿＿＿＿＿＿＿＿＿＿＿＿＿＿＿＿＿＿＿。

② お金(かね)と時間(じかん)があります・世界旅行(せかいりょこう)をします

…＿＿＿＿＿＿＿＿＿＿＿＿＿＿＿＿＿＿＿＿＿＿＿＿。

③ よく勉強(べんきょう)しました・大学(だいがく)に合格(ごうかく)しました

…＿＿＿＿＿＿＿＿＿＿＿＿＿＿＿＿＿＿＿＿＿＿＿＿。

④ 病気(びょうき)です・会社(かいしゃ)を休(やす)みました

…＿＿＿＿＿＿＿＿＿＿＿＿＿＿＿＿＿＿＿＿＿＿＿＿。

2 燃費(ねんぴ)（Fuel economy in automobiles）汽車燃油經濟性，油耗。

⑤ 寒(さむ)いです・ヒーター[3]をつけます

…＿＿＿＿＿＿＿＿＿＿＿＿＿＿＿＿＿＿＿＿。

Q：すみません、今日(きょう)は 用事(ようじ)があるのでお先(さき)に失礼(しつれい)します。
A：

文型(ぶんけい)5）矛盾(むじゅん)・不満(ふまん)

例(れい)1）たくさん寝(ね)ました・まだ眠(ねむ)いです

…たくさん寝(ね)たのに、まだ眠(ねむ)いです。

例(れい)2）学生(がくせい)です・よくブランド品(ひん)[4]を 買(か)います

…学生(がくせい)なのに、よくブランド品(ひん)を 買(か)います。

① 修理(しゅうり)しました・機械(きかい)が 動(うご)きません

…＿＿＿＿＿＿＿＿＿＿＿＿＿＿＿＿＿＿＿＿。

② よく勉強(べんきょう)しました・試験(しけん)に 落(お)ちました

…＿＿＿＿＿＿＿＿＿＿＿＿＿＿＿＿＿＿＿＿。

③ 風邪(かぜ)です・働(はたら)いています

…＿＿＿＿＿＿＿＿＿＿＿＿＿＿＿＿＿＿＿＿。

④ きょうのテストは 易(やさ)しかったです・全然(ぜんぜん)できませんでした

…＿＿＿＿＿＿＿＿＿＿＿＿＿＿＿＿＿＿＿＿。

⑤ この本(ほん)は とても役(やく)に立(た)ちます・誰(だれ)も 読(よ)みません

…＿＿＿＿＿＿＿＿＿＿＿＿＿＿＿＿＿＿＿＿。

3　ヒーター（heater）暖氣、暖爐。

4　ブランド品(ひん)　（brand）品牌，泛指名牌精品。

文型6）万一

例1）地震です・すぐ火を 消してください

…（万一）地震の場合、すぐ火を 消してください。

例2）会議に 遅れます・必ず連絡してください

…会議に遅れる場合、必ず連絡してください。

例3）交通事故に 遭いました・すぐ警察に 連絡してください

…交通事故に 遭った場合、すぐ警察に連絡してください。

① 火事・119番に 電話します

…＿＿＿＿＿＿＿＿＿＿＿＿＿＿＿＿＿＿＿＿。

② パスポート[5]を なくしました・大使館に 連絡します

…＿＿＿＿＿＿＿＿＿＿＿＿＿＿＿＿＿＿＿＿。

③ お酒を 飲みました・絶対に車を 運転しないでください

…＿＿＿＿＿＿＿＿＿＿＿＿＿＿＿＿＿＿＿＿。

④ 都合が 悪い・予約を キャンセルしても大丈夫です

…＿＿＿＿＿＿＿＿＿＿＿＿＿＿＿＿＿＿＿＿。

⑤ 荷物が 着きません・教えてください

…＿＿＿＿＿＿＿＿＿＿＿＿＿＿＿＿＿＿＿＿。

⑥ 故障しました・新しい商品と取り替えることができます

…＿＿＿＿＿＿＿＿＿＿＿＿＿＿＿＿＿＿＿＿。

5　パスポート　（passport）護照。

⑦ 間違(まちが)い電話(でんわ)をかけました・謝(あやま)って[6]ください

…＿＿＿＿＿＿＿＿＿＿＿＿＿＿＿＿＿＿＿＿＿＿＿＿＿。

⑧ 途中(とちゅう)で道(みち)に 迷(まよ)いました[7]・交番(こうばん)[8]で聞(き)いてください

…＿＿＿＿＿＿＿＿＿＿＿＿＿＿＿＿＿＿＿＿＿＿＿＿＿。

⑨ 会社(かいしゃ)を 休(やす)みます・どうしたらいいですか？

…＿＿＿＿＿＿＿＿＿＿＿＿＿＿＿＿＿＿＿＿＿＿＿＿＿。

⑩ レシートが 必要(ひつよう)です・係員(かかりいん)[9]に 言(い)ってください

…＿＿＿＿＿＿＿＿＿＿＿＿＿＿＿＿＿＿＿＿＿＿＿＿＿。

Q：かばんを 間違(まちが)えた場合(ばあい)は どうしたらいいですか。
A：

6 謝(あやま)る　道歉、賠罪。

7 迷(まよ)う　迷路，迷惑。

8 交番(こうばん)　派出所。

9 係員(かかりいん)　負責承辦人員。

三 応用会話

4-2

場面：オフィスで

山田：鈴木さん、課長に 明日10時に来客 があると伝えてください。

鈴木：はい、了解です。あしたは忙しいですね。来客もあるし、会議もあるし、それに、レポートを まとめなければならないし…。

山田：そうですね。あしたは 早く会社に来ないと、間に合わないですね。それでは、今日は これで失礼します。

鈴木：お疲れ様です。

中村：もう帰るんですか。今晩いっぱいいかがですか。駅の近くに新しい飲み屋ができたそうですよ。

山田：すみません。今日は　妻の誕生日なので、お先に失礼します。飲み会はまた今度[10]お願いします。

中村：そうですか。分かりました。

鈴木：山田さんは　いい人ですね。頭もいいし、優しいし、それに家族を大切にしている人ですね。

中村：ええ、そうですね。

---

10 今度　下次、下回。

四 総合練習

練習1）＿★＿ に 入るものは どれですか。1・2・3・4から一番いいものを 一つ選んでください。

① ＿＿＿ ＿＿＿ ＿★＿ ＿＿＿、この非常口から逃げてください。

1 場合　　2 火事　　3 は　　4 の

② 台湾で ＿＿＿ ＿＿＿ ＿＿＿ ＿★＿ は どんな物がいいですか。

1 お見舞い　　2 あげる　　3 場合　　4 を

③ きょうの試験 ＿＿＿ ＿★＿ ＿＿＿ ＿＿＿、できませんでした。

1 易しかった　　2 のに　　3 とても　　4 は

④ ＿＿＿ ＿＿＿ ＿＿＿ ＿★＿、まだ眠いです。

1 たくさん　　2 のに　　3 寝た　　4 夜

⑤ ＿＿＿ ＿＿＿ ＿★＿ ＿＿＿、休んでもいいです。

1 場合　　2 の　　3 は　　4 病気

⑥ 先生の話によると、この ＿＿＿ ＿＿＿ ＿★＿ ＿＿＿。

1 そうです　　2 辞書　　3 は　　4 便利だ

⑦ けさのニュース ＿＿＿ ＿＿＿ ＿★＿ ＿＿＿。

1 大統領は　　2 によると　　3 やめる　　4 そうです

⑧ 田中さんは ＿＿＿ ＿＿＿ ＿★＿ ＿＿＿。

1 先週　　2 入院した　　3 そうです　　4 大学病院に

⑨ 寒いですね。＿＿＿ ＿＿＿ ＿★＿ ＿＿＿。

1 雪が　　2 そうですよ　　3 降る　　4 あした

⑩ 渡辺さんに＿＿＿＿　＿★＿　＿＿＿＿　＿＿＿＿。

1 パーティーの　2 場所は　3 伝えてください　4平成会館だと

練習2）（　　）の中から正しい使い方を選んでください。

① 頭が（a.痛いのに　b.痛いので）、帰ってもいいですか。

② 大きな声で（a.呼んだのに　b.呼んだので）、返事が ありません。

③ 誰も（a.見ていないのに　b.見ていないので）、テレビがついています。

④ 結婚式に（a.出たかったのに b.出たくても）、都合が悪くて行けませんでした。

⑤ 雨が（a.降っても　b.降ったのに）、彼は 自転車で出かけました。

⑥ 暗証番号を（a.教えたのに　b.教えたので）、使い方が 分かると思います。

⑦ 値段が（a.高いのに　b.高いので）品質が あまりよくないです。

⑧ ここは 木が（a.倒れているのに　b.倒れているので）、通れません。

⑨ この車は 形もいいし、色も綺麗だし、（a.それで　b.それに）性能もいいです。

⑩ この車は 形がいいですが、色はあまり好きじゃありません。（a.それで　b.それに）買いませんでした。

アクセントの確認（かくにん）

4-3

文型（ぶんけい）1）

①やまださんは くにへかえっても にほんごを べんきょうすると いっていました。

②しゃちょうは おぼんやすみに いなかへ かえりたいと いっていました。

③どうりょうは ミーティングに まにあわないと いっていました。

④しゅじんは こんしゅうのきんようびも ざんぎょうしなければならないと いっていました。

⑤かのじょは らいしゅうおおさかへ しゅっちょうに いくと いっていました。

⑥やまださんに 3：30に かいしゃのロビーで まっていると つたえてください。

⑦ぶちょうに ほんしゃへ しりょうをおくったと つたえてください。

⑧いとうさんに ごじまでに かいしゃにもどると つたえてください。

⑨かかりちょうに あしたおおさかで かいぎがあると つたえてください。

⑩やまださんに きょうのおひるはしょくどうでたべると つたえてください。

文型（ぶんけい）2）

①けさのしんぶんによると、たかおでガスのばくはつじけんがあったそうです。

②ラジオによると、でんしゃでねているひとがおおいそうです。

③やまださんのはなしによると、このかいしゃではざんぎょうてあてがでないそうです。

④テレビによると、トマトをたべるとやせるそうです。

⑤ ニュースによると、こうべでじしんがあったそうです。

文型3）

① このカメラは ちいさいし、かるいし、それにつかいかたがかんたんです。

② このレストランは サービスもいいし、ねだんもやすいし、それでよくくるんです。

③ このくるまは ねんぴもいいし、しゃないもひろいし、それで かいました。

④ しゃせんせいは まじめだし、ねっしんなせんせいだし、それにおしえかたがじょうずです。

⑤ わたしは えいごもできないし、ひこうきもきらいだし、それであまりかいがいりょこうにいきません。

文型4）

① おかねがないので、りょこうにいきません。

② おかねとじかんがあるので、せかいりょこうをします。

③ よくべんきょうしたので、だいがくにごうかくしました。

④ びょうきなので、かいしゃをやすみました。

⑤ さむいので、ヒーターをつけます。

文型5）

① しゅうりしたのに、きかいがうごきません。

② よくべんきょうしたのに、しけんにおちました。

③ かぜなのに、はたらいています。

④ きょうのテストはやさしかったのに、ぜんぜんできませんでした。

⑤ このほんはとてもやくにたつのに、だれもよみません。

文型(ぶんけい)6）

① かじのばあい、119ばんにでんわします。

② パスポートをなくしたばあい、たいしかんにれんらくします。

③ おさけをのんだばあい、ぜったいにくるまをうんてんしないでください。

④ つごうがわるいばあい、よやくをキャンセルしてもだいじょうぶです。

⑤ にもつがつかないばあい、おしえてください。

⑥ こしょうしたばあい、あたらしいしょうひんととりかえることができます。

⑦ まちがいでんわをかけたばあい、あやまってください。

⑧ とちゅうでみちにまよったばあい、こうばんできいてください。

⑨ かいしゃをやすむばあい、どうしたらいいですか。

⑩ レシートがひつようなばあい、かかりいんにいってください。

Unit 5 コーヒーを飲(の)みながら、話(はな)しませんか。

一 ファストフード

5-1

飲(の)み物(もの) 飲料	ハンバーガー hamburger 漢堡	夜食(やしょく) 宵夜	野菜(やさい) 蔬菜
食(た)べ物(もの) 食物	ファストフード fast food 速食	メニュー menu 菜單	種類(しゅるい) 種類
生活習慣病(せいかつしゅうかんびょう) 慢性病、成人病	スープ soup 湯	カロリー calorie 熱量	手軽(てがる)（な） 不費工、簡易的
一人暮(ひとりぐ)らし 一個人生活	フライドポテト Fried potato （和製英語(わせいえいご)） 炸薯條	健康(けんこう) 健康	栄養(えいよう) 營養
外食(がいしょく) 外食	コンビニ convenience store 便利商店	太(ふと)る 胖	ストレス stress 壓力

二 文型

文型1）同時進行

例）歩く・音楽を　聞く

…歩きながら音楽を　聞きます。

① 食事する・新聞を　読む

…＿＿＿＿＿＿＿＿＿＿＿＿＿＿＿＿＿＿＿＿＿＿＿。

② 電話を掛ける・車を　運転してはいけない

…＿＿＿＿＿＿＿＿＿＿＿＿＿＿＿＿＿＿＿＿＿＿＿。

③ 話を聞く・メモを　する

…＿＿＿＿＿＿＿＿＿＿＿＿＿＿＿＿＿＿＿＿＿＿＿。

④ ピアノを弾く・歌を　歌う

…＿＿＿＿＿＿＿＿＿＿＿＿＿＿＿＿＿＿＿＿＿＿＿。

⑤ 働く・大学院に　通う

…＿＿＿＿＿＿＿＿＿＿＿＿＿＿＿＿＿＿＿＿＿＿＿。

Q：お茶でも　飲みながら、話しませんか。
A：

文型2）程度を超える

例1）東京は生活費が高い・すぎる

…東京は生活費が高すぎます。

例2）お酒を飲む・｛すぎる｝・病気になりました

…お酒を飲みすぎて、病気になりました。

例3）この問題は簡単だ・｛すぎる｝・おもしろくないです

…この問題は簡単すぎて、おもしろくないです。

① 食べ放題の店で食べる・｛すぎる｝・苦しいです

…＿＿＿＿＿＿＿＿＿＿＿＿＿＿＿＿＿＿＿＿＿＿＿＿＿＿＿＿。

② コーヒーに砂糖を入れる・｛すぎる｝・まずくなりました

…＿＿＿＿＿＿＿＿＿＿＿＿＿＿＿＿＿＿＿＿＿＿＿＿＿＿＿＿。

③ 毎日残業で忙しい・｛すぎる｝・疲れます

…＿＿＿＿＿＿＿＿＿＿＿＿＿＿＿＿＿＿＿＿＿＿＿＿＿＿＿＿。

④ デパートで買う・｛すぎる｝・お金がありません

…＿＿＿＿＿＿＿＿＿＿＿＿＿＿＿＿＿＿＿＿＿＿＿＿＿＿＿＿。

⑤ 昨日カラオケで歌う・｛すぎる｝・のどが痛いです

…＿＿＿＿＿＿＿＿＿＿＿＿＿＿＿＿＿＿＿＿＿＿＿＿＿＿＿＿。

⑥ このコーヒーは濃い・｛すぎる｝・おいしくないです

…＿＿＿＿＿＿＿＿＿＿＿＿＿＿＿＿＿＿＿＿＿＿＿＿＿＿＿＿。

⑦ このアパートは家賃が高い・｛すぎる｝・借りる人がいません

…＿＿＿＿＿＿＿＿＿＿＿＿＿＿＿＿＿＿＿＿＿＿＿＿＿＿＿＿。

⑧ この説明書は複雑だ・｛すぎる｝・よくわかりません

…＿＿＿＿＿＿＿＿＿＿＿＿＿＿＿＿＿＿＿＿＿＿＿＿＿＿＿＿。

⑨ 荷物が重い・｛すぎる｝・一人で持つことができません

…＿＿＿＿＿＿＿＿＿＿＿＿＿＿＿＿＿＿＿＿。

⑩ 駅から遠い・｛すぎる｝・不便です

…＿＿＿＿＿＿＿＿＿＿＿＿＿＿＿＿＿＿＿＿。

Q：台湾のお弁当の量は 多すぎますか。
A：

文型3）動作を行うのが｛易しい・難しい｝

例1）東京は 物価が高い・住む・｛やすい・にくい｝

…東京は 物価が高くて、住みにくいです。

例2）この薬は カプセル[1]だ・飲む・｛やすい・にくい｝

…この薬は カプセルで、飲みやすいです。

① このかばんは ポケットが多い・使う・｛やすい・にくい｝

…＿＿＿＿＿＿＿＿＿＿＿＿＿＿＿＿＿＿＿＿。

② 操作が簡単だ・分かる・｛やすい・にくい｝

…＿＿＿＿＿＿＿＿＿＿＿＿＿＿＿＿＿＿＿＿。

③ この交差点は車が多い・事故が起きる・｛やすい・にくい｝

…＿＿＿＿＿＿＿＿＿＿＿＿＿＿＿＿＿＿＿＿。

④ このガラスは丈夫です・割れる・｛やすい・にくい｝

…＿＿＿＿＿＿＿＿＿＿＿＿＿＿＿＿＿＿＿＿。

1　カプセル　（Kapsel）德語，膠囊。

⑤ 梅雨（つゆ）だ・洗濯物（せんたくもの）が乾（かわ）く・{やすい・にくい}

…＿＿＿＿＿＿＿＿＿＿＿＿＿＿＿＿＿＿＿＿。

⑥ 仕事（しごと）が忙（いそが）しい・休（やす）みを取（と）る・{やすい・にくい}

…＿＿＿＿＿＿＿＿＿＿＿＿＿＿＿＿＿＿＿＿。

⑦ この靴（くつ）は軽（かる）い・履（は）く・{やすい・にくい}

…＿＿＿＿＿＿＿＿＿＿＿＿＿＿＿＿＿＿＿＿。

⑧ このペンは太（ふと）い・持（も）つ・{やすい・にくい}

…＿＿＿＿＿＿＿＿＿＿＿＿＿＿＿＿＿＿＿＿。

⑨ この道（みち）は狭（せま）い・運転（うんてん）する・{やすい・にくい}

…＿＿＿＿＿＿＿＿＿＿＿＿＿＿＿＿＿＿＿＿。

⑩ インフルエンザ[2]の季節（きせつ）だ・病気（びょうき）になる {やすい・にくい}

…＿＿＿＿＿＿＿＿＿＿＿＿＿＿＿＿＿＿＿＿。

Q：高雄（たかお）は 住（す）みやすい町（まち）ですか。
A：

文型（ぶんけい）4）心理的困難（しんりてきこんなん）

例（れい））彼（かれ）の発言（はつげん）は理解（りかい）する・{難（がた）い}

…彼（かれ）の発言（はつげん）は理解（りかい）しがたいです。

① まじめな彼（かれ）が嘘（うそ）をつくとは信（しん）じる・{難（がた）い}

…＿＿＿＿＿＿＿＿＿＿＿＿＿＿＿＿＿＿＿＿。

2 インフルエンザ（influenza）拉丁語，流行性感冒。

② 台湾は豊かな社会とは言う・{難い}

…＿＿＿＿＿＿＿＿＿＿＿＿＿＿＿＿＿＿＿＿。

③ この条件では受け入れる[3]・{難い}

…＿＿＿＿＿＿＿＿＿＿＿＿＿＿＿＿＿＿＿＿。

④ 主人の浮気[4]は許す・{難い}

…＿＿＿＿＿＿＿＿＿＿＿＿＿＿＿＿＿＿＿＿。

⑤ この経験は忘れる・{難い}

…＿＿＿＿＿＿＿＿＿＿＿＿＿＿＿＿＿＿＿＿。

Q：上司がお酒に誘った[5]場合、部下は拒否[6]しがたいと思いますか。
A：

文型5）方法

例）作る・{方}・教える

…作り方を　教えます。

① 使う・{方}・わからない

…＿＿＿＿＿＿＿＿＿＿＿＿＿＿＿＿＿＿＿＿。

② 言う・{方}・悪い

…＿＿＿＿＿＿＿＿＿＿＿＿＿＿＿＿＿＿＿＿。

---

3 受け入れる　接受、同意、

4 浮気　外遇。

5 誘った　（誘う）約、勸誘、邀請。

6 拒否　拒絕、否決。

③ 話(はな)す・{方(かた)}・丁寧(ていねい)

…________________________________。

④ 書(か)く・{方(かた)}・ちょっと違(ちが)う

…________________________________。

⑤ 食(た)べる・{方(かた)}・難(むずか)しい

…________________________________。

Q：先生(せんせい)の教(おし)え方(かた)は上手(じょうず)ですか。
A：

文型(ぶんけい)6）複合動詞(ふくごうどうし)

例(れい)1）雨(あめ)が降(ふ)る・{始(はじ)める}

…雨(あめ)が 降(ふ)り始(はじ)めました。

例(れい)2）子供(こども)が 急(きゅう)に泣(な)く・{出(だ)す}

…子供(こども)が 急(きゅう)に泣(な)き出(だ)しました。

例(れい)3）ずっと高雄(たかお)に住(す)む・{続(つづ)ける}

…ずっと高雄(たかお)に 住(す)み続(つづ)けています。

例(れい)4）N5の教科書(きょうかしょ)・勉強(べんきょう)する・{終(お)わる}

…N5の教科書(きょうかしょ)を 勉強(べんきょう)し終(お)わりました。

① フェイスブック[7]・使(つか)う・{始(はじ)める}

…________________________________。

---

7 フェイスブック（Facebook）臉書

②この犬・急に走る・｛出す｝

…＿＿＿＿＿＿＿＿＿＿＿＿＿＿＿＿＿＿＿＿。

③昼休みになって、みんな弁当を 食べる・｛始める｝

…＿＿＿＿＿＿＿＿＿＿＿＿＿＿＿＿＿＿＿＿。

④ずっと日本語を 勉強する・｛続ける｝

…＿＿＿＿＿＿＿＿＿＿＿＿＿＿＿＿＿＿＿＿。

⑤小さい字を 書く・｛続ける｝

…＿＿＿＿＿＿＿＿＿＿＿＿＿＿＿＿＿＿＿＿。

⑥去年の四月から 小学校に 通う・｛始める｝

…＿＿＿＿＿＿＿＿＿＿＿＿＿＿＿＿＿＿＿＿。

⑦強い風が 吹く・｛始める｝

…＿＿＿＿＿＿＿＿＿＿＿＿＿＿＿＿＿＿＿＿。

⑧アイロン[8]を 使う・｛終わる｝

…＿＿＿＿＿＿＿＿＿＿＿＿＿＿＿＿＿＿＿＿。

⑨この子は 小さいころからダンス教室に通う・｛続ける｝

…＿＿＿＿＿＿＿＿＿＿＿＿＿＿＿＿＿＿＿＿。

⑩料理を 全部食べる・｛終わる｝。

…＿＿＿＿＿＿＿＿＿＿＿＿＿＿＿＿＿＿＿＿。

Q：いつから日本語を 勉強し始めましたか。
A：

8　アイロン（iron）　電熨斗。

三 応用会話

5-2

場面：飲み屋で

山田：お疲れ様です。乾杯！

鈴木：乾杯！仕事の後の一杯は 最高ですね！

山田：今週も忙しかったですね。私は 英会話教室に 通い始めたのに、忙しすぎて、昨日も 休みました。

鈴木：英会話の先生はどうですか。

山田：先生の教え方は とてもわかりやすいです。ほんとうは 休まないで行きたいんです。でも、そのことを 上司に言いにくくて…

鈴木：それはそうですね。でも、ちゃんと話して、勉強を 続けたほうがいいですよ。

山田：そうですよね。

鈴木：頑張ってください。

山田：はい、頑張ります。

四 総合練習

練習1）「～やすい」または、「～にくい」を使って、正しい文を作ってください。

①このレストランは うるさくて、話が（聞こえます…　　　　　　　　）。

②道が 狭いので、車が（通ります…　　　　　　　　）。

③このひもは 太くて、（切れます…　　　　　　　　）。

④このドアは 重くて、（開けます…　　　　　　　　）。

⑤先生の話は 丁寧で（わかります…　　　　　　　　）。

⑥この靴は サイズが ぴったり 合って（履きます…　　　　　　　　）。

⑦この箱は 大きすぎて、（持ちます…　　　　　　　　）。

⑧この本は 字が 大きくて（読みます…　　　　　　　　）。

⑨この再生ボタンは 小さすぎて、（押します…　　　　　　　　）。

⑩ファストフードは カロリーが高いので、生活習慣病に（なります…　　　　　　　　）

練習2）（　　）の中から適当なことばを選んでください。

①コーヒーを（a.飲む　b.飲み）ながら、話をしませんか。

②（a.食べ　b.食べる）すぎて、おなかが痛いです。

③この道は 事故が（a.あり　b.起き）やすいです。

④カタカナ語は 覚え（a.やすい　b.やさしい）です。

⑤東京は 地下鉄が多すぎて（a.複雑　b.にぎやか）です。

⑥ 梅雨(つゆ)のとき、洗濯物(せんたくもの)が（a.乾(かわ)き　b.乾(かわ)いて）にくいです。

⑦ この辺(へん)は スーパーがたくさんあって、（a.買(か)い物(もの)し　b.買(か)い）やすいです。

⑧ 週末(しゅうまつ)は 11時(じ)ごろ起(お)きて、コーヒーを（a.飲(の)んだり　b.飲(の)みながら）、新聞(しんぶん)を読(よ)みます。

⑨ ゆうべ[9]（a.飲(の)み　b.飲(の)んで）すぎました。頭(あたま)が痛(いた)いです。

⑩ この経験(けいけん)は とても忘(わす)れ（a.がたい　b.にくい）です。

---

[9] ゆうべ　昨晚、昨夜。

アクセントの確認(かくにん)

5-3

文型(ぶんけい)1）

① しょくじしながら しんぶんを よみます。

② でんわを かけながら くるまを うんてんしてはいけません。

③ はなしを ききながら メモを します。

④ ピアノを ひきながら うたを うたいます。

⑤ はたらきながら だいがくいんに かよいます。

文型(ぶんけい)2）

① たべほうだいのみせで たべすぎて、くるしいです。

② コーヒーに さとうを いれすぎて、まずくなりました。

③ まいにち ざんぎょうで いそがしすぎて、つかれます。

④ デパートで かいすぎて、おかねがありません。

⑤ きのうカラオケで うたいすぎて、のどがいたいです。

⑥ このコーヒーは こすぎて、おいしくないです。

⑦ このアパートは やちんがたかすぎて、かりるひとがいません。

⑧ このせつめいしょは ふくざつすぎて、よくわかりません。

⑨ にもつが おもすぎて、ひとりでもつことができません。

⑩ えきからとおすぎて、ふべんです。

文型(ぶんけい)3）

①このかばんは　ポケットが　おおくて、つかいやすいです。

②そうさが　かんたんで、わかりやすいです。

③このこうさてんは　くるまがおおくて、じこがおきやすいです。

④このガラスは　じょうぶで　われにくいです。

⑤つゆで、せんたくものが　かわきにくいです。

⑥しごとが　いそがしくて、やすみを　とりにくいです。

⑦このくつは　かるくて、はきやすいです。

⑧このペンは　ふとくて、もちにくいです。

⑨このみちは　せまくて　うんてんしにくいです。

⑩インフルエンザのきせつで　びょうきになりやすいです。

文型(ぶんけい)4）

①まじめなかれが　うそをつくとは　しんじがたいです。

②たいわんは　ゆたかなしゃかいとは　いいがたいです。

③このじょうけんでは　うけいれがたいです。

④しゅじんのうわきは　ゆるしがたいです。

⑤このけいけんは　わすれがたいです。

文型(ぶんけい)5）

①つかいかたが　わかりません。

②いいかたが　わるいです。

③ はなしかたが ていねいです。

④ かきかたが ちょっとちがいます。

⑤ たべかたが むずかしいです。

文型(ぶんけい)6）

① フェイスブックを つかいはじめました。

② このいぬは きゅうに はしりだしました。

③ ひるやすみになって みんなべんとうを たべはじめました。

④ ずっとにほんごを べんきょうしつづけています。

⑤ ちいさいじを かきつづけます。

⑥ きょねんのしがつからしょうがっこうに かよいはじめました。

⑦ つよいかぜが ふきはじめました。

⑧ アイロンを つかいおわりました。

⑨ このこは ちいさいころから ダンスきょうしつにかよいつづけています。

⑩ りょうりを ぜんぶ たべおわりました。

Unit 6 ドアが開(あ)いています。

一　他動詞(たどうし)と自動詞(じどうし)

6-1

出(だ)す	出(で)る	開(あ)ける	開(あ)く	閉(し)める	閉(し)まる
消(け)す	消(き)える	掛(か)ける	掛(か)かる	始(はじ)める	始(はじ)まる
壊(こわ)す	壊(こわ)れる	届(とど)ける	届(とど)く	並(なら)べる	並(なら)ぶ
落(お)とす	落(お)ちる	付(つ)ける	付(つ)く	入(い)れる	入(はい)る
起(お)こす	起(お)きる	片付(かたづ)ける	片付(かたづ)く	変(か)える	変(か)わる
なくす	なくなる	見(み)つける	見(み)つかる	割(わ)る	割(わ)れる
戻(もど)す	戻(もど)る	続(つづ)ける	続(つづ)く	破(やぶ)る	破(やぶ)れる
治(なお)す	治(なお)る	集(あつ)める	集(あつ)まる	折(お)る	折(お)れる
汚(よご)す	汚(よご)れる	止(と)める	止(と)まる	売(う)る	売(う)れる
				焼(や)く	焼(や)ける

V　ている　過去の動作、作用の結果の残存状態

☆現在の状態・様子だけを述べている ⇒　V　ている☆

太る	痩せる	電気がつく	電気が消える
電車が込む	席が空く	袋が破れる	皿が割れる
茶碗が歪む[1]	靴下が汚れる	かぎがかかる	窓が開く
魚が腐る	枝が折れる	ひび[2]が入る	車がとまる
服が濡れる	木が曲がる	いすが壊れる	ボタンが外れる

1　歪む　歪斜、變形。

2　ひび　裂痕、裂縫。

二 文型(ぶんけい)

文型(ぶんけい)1）目(め)の前(まえ)の状況(じょうきょう)

例(れい)）田中(たなか)さんは ドアを開(あ)けました。

…いま ドアが開(あ)いています。

① 弟(おとうと)は 時計(とけい)を壊(こわ)しました。

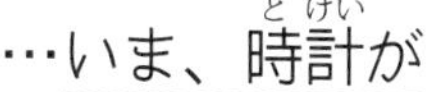

…いま、時計(とけい)が ＿＿＿＿＿＿＿＿＿＿。

② 母(はは)は カーテンを閉(し)めました。

…いま、カーテンが ＿＿＿＿＿＿＿＿＿＿。

③ 父(ちち)は 鍵(かぎ)を掛(か)けました。

…いま、鍵(かぎ)が ＿＿＿＿＿＿＿＿＿＿。

④ 妹(いもうと)は ドアを閉(し)めました。

…いま、ドアが ＿＿＿＿＿＿＿＿＿＿。

⑤ 山田(やまだ)さんは ハンカチを汚(よご)しました。

…いま、ハンカチが ＿＿＿＿＿＿＿＿＿＿。

文型(ぶんけい)2）目的(もくてき)・意図(いと)

例(れい)）道(みち)の両側(りょうがわ)に 木(き)を植(う)える・あります

…道(みち)の両側(りょうがわ)に 木(き)が植(う)えてあります。

① 交番(こうばん)に 町(まち)の地図(ちず)を貼(は)る・あります

…＿＿＿＿＿＿＿＿＿＿。

② 会議室(かいぎしつ)に 花(はな)を飾(かざ)る・あります

…＿＿＿＿＿＿＿＿＿＿。

③ テーブルに 灰皿(はいざら)を置(お)く・あります

…＿＿＿＿＿＿＿＿＿＿＿＿＿＿＿＿＿＿＿＿＿＿＿＿。

④ 黒板(こくばん)に 今月(こんげつ)の予定(よてい)を書(か)く・あります

…＿＿＿＿＿＿＿＿＿＿＿＿＿＿＿＿＿＿＿＿＿＿＿＿。

⑤ 机(つくえ)の上(うえ)を片付(かたづ)ける・あります

…＿＿＿＿＿＿＿＿＿＿＿＿＿＿＿＿＿＿＿＿＿＿＿＿。

Q：かばんに 自分(じぶん)の名前(なまえ)が書(か)いてありますか。
A：

文型(ぶんけい)3）a、事前(じぜん)の 準備(じゅんび)　b、措置(そち)　c、放置(ほうち)

例(れい)1）発表(はっぴょう)に 必要(ひつよう)なファイル・先(さき)に開(ひら)く・おく

…発表(はっぴょう)に 必要(ひつよう)なファイルは 先(さき)に開(ひら)いておきます。(a)

例(れい)2）発表(はっぴょう)が 終(お)わったら、パソコンを 棚(たな)にしまう・おく

…発表(はっぴょう)が 終(お)わったら、パソコンを 棚(たな)にしまっておきます。(b)

例(れい)3）午後(ごご) 使(つか)いますから、パソコンを そのまま置(お)く・おく

…午後(ごご) 使(つか)いますから、パソコンを そのまま置(お)いておきます。(c)

① 教科書(きょうかしょ)に 名前(なまえ)を書(か)く・おく

…＿＿＿＿＿＿＿＿＿＿＿＿＿＿＿＿＿＿＿＿＿＿＿＿。

② お客(きゃく)さんが 来(く)る前(まえ)に、部屋(へや)を 掃除(そうじ)する・おく

…＿＿＿＿＿＿＿＿＿＿＿＿＿＿＿＿＿＿＿＿＿＿＿＿。

③ 食事(しょくじ)が 終(お)わったら、茶碗(ちゃわん)を 片付(かたづ)ける・おく

…＿＿＿＿＿＿＿＿＿＿＿＿＿＿＿＿＿＿＿＿＿＿＿＿。

④ 後で 使いますから、そのままにする・おく

…＿＿＿＿＿＿＿＿＿＿＿＿＿＿＿＿＿＿＿＿。

⑤ 辞書を 使ったら、元のところに 戻す・おく

…＿＿＿＿＿＿＿＿＿＿＿＿＿＿＿＿＿＿＿＿。

⑥ もうすぐ天気予報の時間ですから、テレビを つける・おく

…＿＿＿＿＿＿＿＿＿＿＿＿＿＿＿＿＿＿＿＿。

⑦ 仕事が 終わったら、机を 片付ける・おく

…＿＿＿＿＿＿＿＿＿＿＿＿＿＿＿＿＿＿＿＿。

⑧ 後で 整理しますから、荷物を 置く・おく

…＿＿＿＿＿＿＿＿＿＿＿＿＿＿＿＿＿＿＿＿。

⑨ まだ 寒いですから、ヒーターを つける・おく

…＿＿＿＿＿＿＿＿＿＿＿＿＿＿＿＿＿＿＿＿。

⑩ 試験の前に、勉強 する・おく

…＿＿＿＿＿＿＿＿＿＿＿＿＿＿＿＿＿＿＿＿。

Q：外国へ 行く前に、何を 準備しておきますか。
A：

文型4）試し

例）この靴を 履く・みる

…この靴を 履いてみます。

① ちょっと社長に 聞く・みる

…＿＿＿＿＿＿＿＿＿＿＿＿＿＿＿＿＿＿＿＿。

② 進学について、もう一度考える・みる

…＿＿＿＿＿＿＿＿＿＿＿＿＿＿＿＿＿＿＿＿。

③ この映画を 見る・みる

…＿＿＿＿＿＿＿＿＿＿＿＿＿＿＿＿＿＿＿＿。

④ 上司の都合を 聞く・みる

…＿＿＿＿＿＿＿＿＿＿＿＿＿＿＿＿＿＿＿＿。

⑤ いい仕事を 探す・みる

…＿＿＿＿＿＿＿＿＿＿＿＿＿＿＿＿＿＿＿＿。

作文：一度＿＿＿＿＿＿＿＿＿＿＿＿＿＿みたいです。

文型5）a、残念　b、完了

例1）反対方向へ 行く電車に 乗った・しまう

…反対方向へ 行く電車に 乗ってしまいました。(a)

例2）この本を 読んだ・しまう

…この本を 読んでしまいました。(b)

① きのう 会社に 遅れた・しまう

…＿＿＿＿＿＿＿＿＿＿＿＿＿＿＿＿＿＿＿＿。

② 会議中に寝た・しまう

…＿＿＿＿＿＿＿＿＿＿＿＿＿＿＿＿＿＿＿＿。

③ 借りたDVDを 全部見た・しまう

…＿＿＿＿＿＿＿＿＿＿＿＿＿＿＿＿＿＿＿＿。

④ 恋人(こいびと)の携帯(けいたい)を 見(み)た・しまう

…＿＿＿＿＿＿＿＿＿＿＿＿＿＿＿＿＿＿＿＿＿＿＿＿＿＿＿＿。

⑤ ダイエット中(ちゅう)、夜食(やしょく)を 食(た)べた・しまう

…＿＿＿＿＿＿＿＿＿＿＿＿＿＿＿＿＿＿＿＿＿＿＿＿＿＿＿＿。

⑥ 友達(ともだち)の秘密(ひみつ)を 他人(たにん)に言(い)った・しまう

…＿＿＿＿＿＿＿＿＿＿＿＿＿＿＿＿＿＿＿＿＿＿＿＿＿＿＿＿。

⑦ 読(よ)んだことがある本(ほん)を 買(か)った・しまう

…＿＿＿＿＿＿＿＿＿＿＿＿＿＿＿＿＿＿＿＿＿＿＿＿＿＿＿＿。

⑧ ボーナスを 全部(ぜんぶ)使(つか)った・しまう

…＿＿＿＿＿＿＿＿＿＿＿＿＿＿＿＿＿＿＿＿＿＿＿＿＿＿＿＿。

⑨ 地図(ちず)を 見(み)たのに、道(みち)を 間違(まちが)えた・しまう

…＿＿＿＿＿＿＿＿＿＿＿＿＿＿＿＿＿＿＿＿＿＿＿＿＿＿＿＿。

⑩ 本(ほん)を 電車(でんしゃ)に忘(わす)れた・しまう

…＿＿＿＿＿＿＿＿＿＿＿＿＿＿＿＿＿＿＿＿＿＿＿＿＿＿＿＿。

文型(ぶんけい)6）変化(へんか)

例(れい)1）だんだん暑(あつ)くなる・きました

…だんだん暑(あつ)くなってきました。

例(れい)2）世界(せかい)のインターネットユーザー[3]・増(ふ)える・いきます・でしょう

…世界(せかい)のインターネットユーザーは 増(ふ)えていくでしょう。

3　ユーザー　（user）用戶、使用者。

① 日本(にほん)では 結婚(けっこん)しない人(ひと)・増(ふ)える・いきます・でしょう

…＿＿＿＿＿＿＿＿＿＿＿＿＿＿＿＿＿＿＿＿＿＿＿＿＿＿＿＿。

② 日本語(にほんご)の勉強(べんきょう)・難(むずか)しくなる・きました

…＿＿＿＿＿＿＿＿＿＿＿＿＿＿＿＿＿＿＿＿＿＿＿＿＿＿＿＿。

③ 新(あたら)しい仕事(しごと)に 慣(な)れる・きました

…＿＿＿＿＿＿＿＿＿＿＿＿＿＿＿＿＿＿＿＿＿＿＿＿＿＿＿＿。

④ 野生動物(やせいどうぶつ)が 減(へ)る・いきます・でしょう

…＿＿＿＿＿＿＿＿＿＿＿＿＿＿＿＿＿＿＿＿＿＿＿＿＿＿＿＿。

⑤ 10月(がつ)になって、涼(すず)しくなる・きました

…＿＿＿＿＿＿＿＿＿＿＿＿＿＿＿＿＿＿＿＿＿＿＿＿＿＿＿＿。

文型(ぶんけい)7）回帰(かいき)

例(れい)）タバコを買(か)います・来(き)ます

…タバコを買(か)って来(き)ます。

① 交番(こうばん)に道(みち)を聞(き)きます・来(き)ます

…＿＿＿＿＿＿＿＿＿＿＿＿＿＿＿＿＿＿＿＿＿＿＿＿＿＿＿＿。

② ちょっと電話(でんわ)をかけます・来(き)ます

…＿＿＿＿＿＿＿＿＿＿＿＿＿＿＿＿＿＿＿＿＿＿＿＿＿＿＿＿。

③ 食事(しょくじ)に行(い)きます・来(き)ます

…＿＿＿＿＿＿＿＿＿＿＿＿＿＿＿＿＿＿＿＿＿＿＿＿＿＿＿＿。

④ ちょっと子供(こども)の様子(ようす)を見(み)ます・来(き)ます

…＿＿＿＿＿＿＿＿＿＿＿＿＿＿＿＿＿＿＿＿＿＿＿＿＿＿＿＿。

⑤トイレに行(い)きます・来(き)ます

…＿＿＿＿＿＿＿＿＿＿＿＿＿＿＿＿＿＿＿＿＿＿＿＿＿＿＿＿＿＿。

三 応用会話（おうようかいわ）

6-2

場面（ばめん）：事務室（じむしつ）で

陳（ちん）　：すみませんが、今週（こんしゅう）の会議（かいぎ）のスケジュールがわかりますか。

山田（やまだ）：あそこに大（おお）きいカレンダーが掛（か）けてありますね。あのカレンダーに書（か）いてありますよ。

陳（ちん）　：そうですか。ありがとうございます。

山田（やまだ）：仕事（しごと）は、もう慣（な）れましたか。

陳（ちん）　：はい、お蔭様（かげさま）で、少（すこ）しずつ慣（な）れてきました。

あのう、明日（あした）の会議（かいぎ）の資料（しりょう）を準備（じゅんび）しておきたいんですが、コピーのサイズを変（か）えるとき、どうしたらいいですか。

山田（やまだ）：このボタンを押（お）したら、変（か）わりますよ。

陳（ちん）　：押（お）しましたが、やっぱり変（か）わりませんでした。

山田（やまだ）：そうですか。あ、赤（あか）いランプが点（つ）いていますよ。故障（こしょう）ですね。

とりあえず[4]、二階（にかい）のコピー機（き）を使（つか）ってください。

陳（ちん）　：はい、わかりました。ちょっと二階（にかい）へコピーに行（い）って来（き）ます。

4　とりあえず　暫時、姑且、先。

四 総合練習

練習1）（　　）の中から適当なことばを選んでください。

① （a.ひも　b.袋　c.コップ）が 割れました。

② （a.テレビ　b.袋　c.皿）が 破れました。

③ （a.帽子　b.ひも　c.掃除機）が 壊れました。

④ （a.ズボン　b.手袋　c.ヘルメット）を はきます

⑤ （a.ネクタイ　b.帽子　c.眼鏡）を かぶります。

⑥ お菓子を（a.ひも　b.テーブル　c.ポケット）に 入れました。

⑦ （a.シャツ　b.お風呂　c.茶碗）を 洗濯しました。

⑧ 電車に 乗るとき、（a.切符　b.切手　c.財布）を 見せます。

⑨ （a.お粥　b.薬　c.本）を 飲みます。

⑩ （a.人気　b.人間　c.風邪）が あります。

練習2）（　　）の中から適当なことばを選んでください

① 袋 が（a.割れて　b.破れて）います。

② （a.どこかに　b.どこかで）電話は ありませんか。

③ （a.どこかに　b.どこかで）財布を なくして しまいました。

④ この部屋は かぎが（a.かかりました　b.かかっています）から、
入れません。

⑤ 朝は 道が（a.すいています　b.こんでいます）から、早く着けると
思います。

⑥ 急ぎましたが、電車は 行って（a.しまいます　b.しまいました）

⑦ 先に資料を 作って（a.しまいます　b.しまいました）から、ちょっと待っていてください。

⑧ 働き過ぎて、病気に なって（a.しまいます　b.しまいました）。

⑨ 私が 結婚したかった人は 他の人と 去年結婚（a.してしまいます　b.してしまいました）。

⑩ わたしはすぐに忘れて（a.しまいます　b.しまいました）から、メモをとります[5]。

練習3）（　　）の中から適当なことばを選んでください

① A：ごはんを 食べに 行きませんか。

B：すみません。これを コピーして（a.しまいます　b.しまいました）から、お先に、どうぞ。

② A：20課の 宿題は もう やりましたか。

B：はい、もう やって（a.しまいます　b.しまいました　c.しまいません）。

③ A：少し 休みませんか。

B：すみません。このレポートを 書いて（a.しまいます　b.しまいました　c.しまいすぎです）から…。

④ 彼は もう 結婚して（a.あります　b.います　c.おきます）。

5　メモをとります　記筆記。

⑤ 会議の時間をもう李さんに 通知して（a.あります　b.います　c.おきます）。

⑥ 今 ダイエットして（a.あります　b.います　c.おきます）。

結婚式までに ダイエットして（a.あります　b.います　c.おきます）。

⑦ 台風が くる前に 缶詰を 買って（a.あります　b.います　c.おきます）。

⑧ 高雄に テレサ・テンの記念館が あります。一緒に 行って（a.みませんか　b.ありましたか　c.あきましたか）。

⑨ 日本は これから もっと 人口が 減って（a.きました　b.いくでしょう　c.います）。

⑩ 会議の前に、資料を 準備して（a.あります　b.います　c.おきます）。

⑪ 彼は 毎朝 ジョギングを して（a.あります　b.います　c.おきます）。

⑫ だんだん 寒くなって（a.みました　b.きました　c.おきました）。

⑬ 電気が ついて（a.あります　b.います　c.おきます）ね。誰が つけたんですか。

⑭ 壁に かわいい猫の写真が 貼って（a.あります　b.います　c.おきます）。

⑮ 4時ですから、銀行は もう 閉まって（a.ある　b.いる　c.おく）と思います。

⑯ A：あの店は 今日 休みですか。

B：さあ…、電話して（a.あります　b.います　c.みます）から、ちょっと待ってください。

⑰掲示板に 今月の予定が 書いて（a.あります　b.います　c.おきます）から、見て（a.あって　b.いて　c.おいて）ください。

⑱この手紙、切手が はって（a.ありません　b.いません　c.おきません）ね。

出す 前に、はって（a.あって　b.いて　c.おいて）ください。

⑲A：あそこに 止まって（a.ある　b.いる　c.おく）車、誰か 乗って（a.あります　b.います　c.おきます）か。

B：いいえ、誰も 乗って（a.ありません　b.いません　c.おきません）。

⑳A：他の人も 場所を 知って（a.あります　b.います c.おきます）か。

B：ええ、大丈夫です。きのう 私が言って（a.ありました　b.いました　c.おきました）。地図も 渡して（a.あります　b.いくでしょう　c.みました）

☆平成知恵袋☆

① 「ておく、ている、てある」の場面について

例）窓を閉めておきます …窓が閉まっています …窓が閉めてあります。

1）車＿＿＿＿＿＿＿…車が 止まっています… 車＿＿＿＿＿＿＿。

2）ガス＿＿＿＿＿＿＿…ガスが ついています…ガス＿＿＿＿＿＿＿。

3）電気＿＿＿＿＿＿＿…電気が 消えています…電気＿＿＿＿＿＿＿。

② 「～ておく」を使う場面

◎パーティーのまえに

1）みんなに 電話で（連絡します…　　　　　　　　）。

2）新しいフイルムを カメラに（入れます…　　　　　　　　）。

3）料理や飲み物を テーブルに（並べます…　　　　　　　　）。

4）食事の準備を（します…　　　　　　　　）。

◎パーティー中

5）後で カラオケしますから、そのままに（します…　　　　　　　　）。

6）冷房が ついていますから、まどを（閉めます…　　　　　　　　）。

◎パーティーが終わったら

7）コップや皿を 洗って、（しまいます…　　　　　　　　）。

8）使った部屋を きれいに（掃除します…　　　　　　　　）。

9）テーブルを（片付けます…　　　　　　　　）。

アクセントの確認(かくにん)

6-3

文型(ぶんけい)1）

① いま、とけいが こわれています。

② いま、カーテンが しまっています

③ いま、かぎが かかっています。

④ いま、ドアが しまっています。

⑤ いま、ハンカチが よごれています。

文型(ぶんけい)2）

① こうばんに まちのちずが はってあります。

② かいぎしつに はなが かざってあります。

③ テーブルに はいざらが おいてあります。

④ こくばんに こんげつのよていが かいてあります。

⑤ つくえのうえが かたづけてあります。

文型(ぶんけい)3）

① きょうかしょに なまえを かいておきます。

② おきゃくさんが くるまえに、へやを そうじしておきます。

③ しょくじが おわったら、ちゃわんを かたづけておきます。

④ あとで つかいますから、そのままに しておきます。

⑤ じしょを つかったら、もとのところに もどしておきます。

⑥ もうすぐてんきよほうのじかんですから、テレビを つけておきます。

⑦ しごとが おわったら、つくえを かたづけておきます。

⑧ あとで せいりしますから、にもつを おいておきます。

⑨ まだ さむいですから、ヒーターを つけておきます。

⑩ しけんのまえに、べんきょうしておきます。

文型（ぶんけい）4）

① ちょっと しゃちょうに きいてみます。

② しんがくに ついて、もういちど かんがえてみます。

③ このえいがを みてみます。

④ じょうしのつごうを きいてみます。

⑤ いいしごとを さがしてみます。

文型（ぶんけい）5）

① きのう かいしゃに おくれてしまいました。

② かいぎちゅうに ねてしまいました。

③ かりたDVDを ぜんぶ みてしまいました。

④ こいびとのけいたいを みてしまいました。

⑤ ダイエットちゅう、やしょくを たべてしまいました。

⑥ ともだちのひみつを たにんに いってしまいました。

⑦ よんだことが あるほんを かってしまいました。

⑧ ボーナスを ぜんぶ つかってしまいました。

⑨ ちずを みたのに、みちを まちがえてしまいました。

⑩ ほんを でんしゃに わすれてしまいました。

文型（ぶんけい）6）

① にほんでは けっこんしないひとは ふえていくでしょう。

② にほんごのべんきょうは むずかしくなってきました。

③ あたらしいしごとに なれてきました。

④ やせいどうぶつが へっていくでしょう。

⑤ じゅうがつに なって、すずしくなってきました。

文型（ぶんけい）7）

① こうばんに みちをきいてきます。

② ちょっと でんわをかけてきます。

③ しょくじに いってきます。

④ ちょっと こどものようすをみてきます。

⑤ トイレに いってきます。

Unit 7 父(ちち)が くれた本(ほん)です。

一 素敵(すてき)なプレゼント

7-1

プレゼント / ギフト present/gift 禮物 / 贈品	マグカップ mug cup 馬克杯	ハンドクリーム hand cream 護手霜	キーケース key case 鑰匙包
お土産(みやげ) 特產、土產	食器(しょっき) 餐具	リップクリーム Lip balm 護唇膏	お風呂(ふろ)グッズ / バスグッズ 浴室用品
景品(けいひん) 贈品	マフラー muffler 圍巾	ルームシューズ / スリッパ roomshoes/ slipper 家居拖鞋 / 拖鞋	スカーフ scarf 圍巾、領巾
おまけ 另外贈送的東西	アクセサリー accessory 飾品	キャンドル candle 蠟燭	スマホケース 手機殼
サンプル sample 樣本	靴下(くつした)（ソックス） socks 襪子	イヤホン earphone 耳機	ポーチ pouch 化妝包
雑貨(ざっか) 雜貨	財布(さいふ) 錢包	ハンカチ（ーフ） handkerchief 手帕	コスメ（ティック） cosmetic 化妝品

二 文型

文型1）授受動詞（してあげる・してもらう・してくれる）

例1）私（→）・友達・本を　コピーした

…私は　友達に　本を　コピーしてあげました。

例2）私（←）・駅員・お金を　両替した

…私は　駅員に　お金を　両替してもらいました。

例3）友達・私（←）・勉強を教えた

…友達は　私に　勉強を　教えてくれました。

例4）友達・私（←）・駅まで迎えに来た

…友達は　私を　駅まで迎えに来てくれました。

① 私（←）・友達・千円貸した

…＿＿＿＿＿＿＿＿＿＿＿＿＿＿＿＿＿＿＿＿。

② 私（←）・友達・辞書を貸した

…＿＿＿＿＿＿＿＿＿＿＿＿＿＿＿＿＿＿＿＿。

③ 父・私（←）・いろいろなところへ連れて行った

…＿＿＿＿＿＿＿＿＿＿＿＿＿＿＿＿＿＿＿＿。

④ 私（→）・友達・ディズニーランドの写真を見せた

…＿＿＿＿＿＿＿＿＿＿＿＿＿＿＿＿＿＿＿＿。

⑤ 先生・私（←）・チョコレートを買った

…＿＿＿＿＿＿＿＿＿＿＿＿＿＿＿＿＿＿＿＿。

Q：お母さんに 何をしてあげたいですか。
A：

文型2）授受動詞（やる・あげる・さしあげる）

例1）私・友達・本

…私は 友達に 本を あげました。

例2）私・先生・ハンカチ

…私は 先生に ハンカチを さしあげました。

例3）私・犬・餌

…私は 犬に 餌を やりました。

① 私・先生・名刺

…＿＿＿＿＿＿＿＿＿＿。

② 私・花・水

…＿＿＿＿＿＿＿＿＿＿。

③ 私・猿・バナナ

…＿＿＿＿＿＿＿＿＿＿。

④ 私・娘・お弁当を 作る

…＿＿＿＿＿＿＿＿＿＿。

⑤ 私・部長・お祝い

…＿＿＿＿＿＿＿＿＿＿。

⑥ 私・子供・絵を 描く

…＿＿＿＿＿＿＿＿＿＿。

⑦ 私・知らない人・道を 教える

…＿＿＿＿＿＿＿＿＿＿＿＿＿＿＿＿＿＿＿＿。

⑧ 私・友達・駅まで迎えに 行く

…＿＿＿＿＿＿＿＿＿＿＿＿＿＿＿＿＿＿＿＿。

⑨ 私・学生の発音を 直す

…＿＿＿＿＿＿＿＿＿＿＿＿＿＿＿＿＿＿＿＿。

⑩ 私・鈴木さん・中国語を 教える

…＿＿＿＿＿＿＿＿＿＿＿＿＿＿＿＿＿＿＿＿。

Q：ペットに 何を やるんですか。
A：

文型3）授受動詞（もらう・いただく）

例1）私・友達・名刺

…私は 友達に 名刺を もらいました。

例2）私・先生・電話

…私は 先生に 電話を いただきました。

① 私・部長・資料を 送る

…＿＿＿＿＿＿＿＿＿＿＿＿＿＿＿＿＿＿＿＿。

② 私・弟・地図を 書く

…＿＿＿＿＿＿＿＿＿＿＿＿＿＿＿＿＿＿＿＿。

③ 私・父・台湾語の歌を 教える

…＿＿＿＿＿＿＿＿＿＿＿＿＿＿＿＿＿＿＿＿。

④ 私・息子・手紙を 読む

…＿＿＿＿＿＿＿＿＿＿＿＿＿＿＿＿＿＿＿＿。

⑤ 私・友達・荷物を 届ける

…＿＿＿＿＿＿＿＿＿＿＿＿＿＿＿＿＿＿＿＿。

⑥ 私・陳さん・歌を 歌う

…＿＿＿＿＿＿＿＿＿＿＿＿＿＿＿＿＿＿＿＿。

⑦ 私・社長・東京を 案内する

…＿＿＿＿＿＿＿＿＿＿＿＿＿＿＿＿＿＿＿＿。

⑧ 私・お客様・駅まで送る

…＿＿＿＿＿＿＿＿＿＿＿＿＿＿＿＿＿＿＿＿。

⑨ 私・妹・引越しを 手伝う

…＿＿＿＿＿＿＿＿＿＿＿＿＿＿＿＿＿＿＿＿。

⑩ 私・出野先生・日本語を 教える

…＿＿＿＿＿＿＿＿＿＿＿＿＿＿＿＿＿＿＿＿。

Q：新しいカタログ[1]を 送っていただけませんか。
A：

文型4）授受動詞（くれる・くださる）

例1）友達・私・お土産

…友達は 私にお土産を くれました。

[1] カタログ　（catalog）商品目錄。

例(れい)2）先生(せんせい)・私(わたし)・手帳(てちょう)

…先生(せんせい)は 私(わたし)に手帳(てちょう)を くださいました。

① 伊藤先生(いとうせんせい)・沖縄(おきなわ)を 案内(あんない)する

…＿＿＿＿＿＿＿＿＿＿＿＿＿＿＿＿＿＿＿＿＿＿＿＿。

② 友達(ともだち)・私(わたし)の犬(いぬ)・散歩(さんぽ)に 連(つ)れて行(い)く

…＿＿＿＿＿＿＿＿＿＿＿＿＿＿＿＿＿＿＿＿＿＿＿＿。

③ 子供(こども)・窓(まど)を 開(あ)ける

…＿＿＿＿＿＿＿＿＿＿＿＿＿＿＿＿＿＿＿＿＿＿＿＿。

④ 田中(たなか)さん・私(わたし)の娘(むすめ)・日本(にほん)へ連(つ)れて行(い)く

…＿＿＿＿＿＿＿＿＿＿＿＿＿＿＿＿＿＿＿＿＿＿＿＿。

⑤ 父(ちち)・私(わたし)・車(くるま)で 空港(くうこう)まで送(おく)る

…＿＿＿＿＿＿＿＿＿＿＿＿＿＿＿＿＿＿＿＿＿＿＿＿。

⑥ 店員(てんいん)・私(わたし)・使(つか)い方(かた)を 説明(せつめい)する

…＿＿＿＿＿＿＿＿＿＿＿＿＿＿＿＿＿＿＿＿＿＿＿＿。

⑦ 友達(ともだち)・私(わたし)・スーツケースを 貸(か)す

…＿＿＿＿＿＿＿＿＿＿＿＿＿＿＿＿＿＿＿＿＿＿＿＿。

⑧ お客様(きゃくさま)・我(わ)が社(しゃ)の 商品(しょうひん)を 買(か)う

…＿＿＿＿＿＿＿＿＿＿＿＿＿＿＿＿＿＿＿＿＿＿＿＿。

⑨ 課長(かちょう)・私(わたし)の仕事(しごと)を 手伝(てつだ)う

…＿＿＿＿＿＿＿＿＿＿＿＿＿＿＿＿＿＿＿＿＿＿＿＿。

⑩ あの先生(せんせい)・私(わたし)の息子(むすこ)・日本語(にほんご)を 教(おし)える

…＿＿＿＿＿＿＿＿＿＿＿＿＿＿＿＿＿＿＿＿＿＿＿＿。

Q：すみませんが、駅までの地図を 書いてくれますか。
A：

文型5）依頼文

例）道が 分からない・教える

…道が 分からないんですが、教えていただけませんか。

…道が 分からないんですが、教えてくださいませんか。

① サイズが 小さい・もっと大きいサイズを 持ってくる

…＿＿＿＿＿＿＿＿＿＿＿＿＿＿＿＿＿＿＿＿。

② 貴社のカタログが ほしい・送る

…＿＿＿＿＿＿＿＿＿＿＿＿＿＿＿＿＿＿＿＿。

③ 病院の 住所が 分からない・地図を 書く

…＿＿＿＿＿＿＿＿＿＿＿＿＿＿＿＿＿＿＿＿。

④ 字が 読みにくい・もっと大きく書く

…＿＿＿＿＿＿＿＿＿＿＿＿＿＿＿＿＿＿＿＿。

⑤ 今日は 具合[2]が わるい・代わりに会議に 出席する

…＿＿＿＿＿＿＿＿＿＿＿＿＿＿＿＿＿＿＿＿。

Q：お名前を もう一度教えてくださいませんか。
A：

2 具合　健康情況、狀態。

☆平成知恵袋☆

待遇関係

1. 上下関係

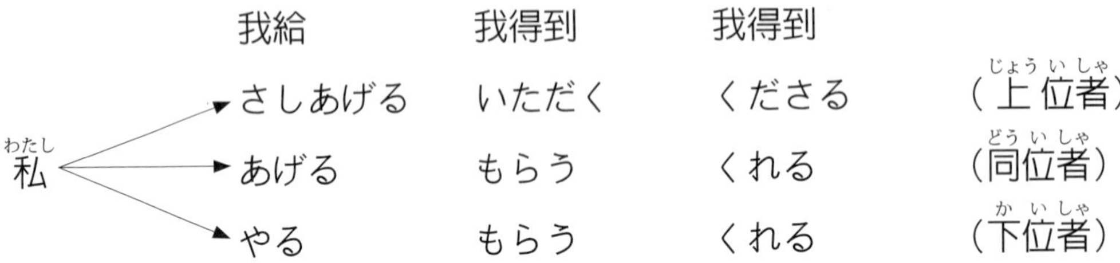

2. 親疎関係

うち	そと
① 自分	① 家族以外の人
② 自分の家族	② 他者
③ 自分の属している会社、グループ	③ 目上

練習（　　）の中から正しい使い方を選んでください。

① 私は 今年のクリスマス、母に 手袋を（a.あげる　b.くれる　c.さしあげる）つもりです。

② 毎晩 私は 3歳の息子に 本を 読んで（a.くれます　b.やります　c.もらいます）。

③ 私は 犬に 骨を 買って来て（a.あげます　b.やります　c.もらいます）。

④ 大学卒業のとき、友達3人と考えて、先生に ネクタイを（a.さしあげました　b.いただきました　c.くださいました）。

⑤ 私は 毎朝 花に 水を（a.もらいます　b.やります　c.あげます）。

⑥これ、鈴木さんに（a.くれた　b.くださった　c.いただいた）お菓子なんです。おひとつ どうぞ。

⑦ 私は 結婚記念日に 主人に 時計を（a.くれました　b.もらいました　c.いただきました）。

⑧日本へ 行く前に、友達に 安いホテルを 探して（a.くれました　b.もらいました　c.いただきました）。

⑨姉は 先生から 辞書を（a.もらいました　b.いただきました　c.あげました）。

⑩ 私の 昇 進[3]のお祝いとして 部長に 時計を（a.くださいました　b.いただきました　c.さしあげました）。

⑪山田課 長、お見舞い[4]に 来て（a.もらって　b.くださって　c.さしあげて）ありがとうございました。

⑫東 京で 道に 迷ってしまったとき、親切な高校生が 地図を 書いて（a.あげた　b.くれた　c.もらった）ので、本当に 助かりました。

⑬先生は 簡単で おもしろい日本語の本を 紹 介して（a.いただきました　b.くださいました　c.さしあげました）。

⑭部 長は 私の仕事を 手伝って（a.いただきました　b.くださいました　c.さしあげました）。

---

3 昇 進　升級、升官。

4 お見舞い　慰問、探病。

⑮部長(ぶちょう)は 私(わたし)に 会社(かいしゃ)のことを 説明(せつめい)して（a.いただきました　b.くださいました　c.くれました）。

⑯同僚(どうりょう)が 仕事(しごと)を 手伝(てつだ)って（a.くださったんです　b.もらったんです　c.くれたんです）。

三 応用会話

7-2

場面：先輩宅を訪問

陳　：ごめんください。

伊藤：やあ、陳さん、お待ちしていましたよ。すぐに わかりましたか。

陳　：ええ、地図を 書いていただいたので、全然 迷いませんでした。

伊藤：それは よかったです。どうぞ、お上がりください。

陳　：失礼します。

陳　：このコップは とても素敵ですね。

伊藤：それは友達が くれたニュージーランドのお土産です。

ところで、もうすぐ お正月ですね。台湾でも お歳暮[5]を 上司に差し上げるんですか。

陳　：ええ、上司だけではなく、お世話になった友人にもあげます。

私も 週末にデパートのギフトセンターへ行って、選ぶつもりです。

伊藤：そうですか。

陳　：デパートなら、配達してくれますから、とても便利です。

5　お歳暮　年終禮品。

四 総合練習

練習1） ＿★＿ に入るものはどれですか。1・2・3・4から一番いいものを一つ選んでください。

① 鈴木さんは 私たちを 車で ＿＿＿ ＿＿＿ ＿＿＿ ＿★＿ ました。

1 まで　　2 送って　　3 ください　　4 駅

② 私は 息子に 日本語 ＿＿＿ ＿＿＿ ＿★＿ ＿＿＿。

1 教えて　　2 を　　3 やりたい　　4 です

③ 私は 陳さんに ＿＿＿ ＿★＿ ＿＿＿ ＿＿＿。

1 見て　　2 レポート　　3 を　　4 いただきました

④ 私は 妹 に 物語 ＿＿＿ ＿＿＿ ＿★＿ ＿＿＿。

1 ました　　2 を　　3 読んで　　4 やり

⑤ 結婚のお祝いに ＿＿＿ ＿＿＿ ＿★＿ ＿＿＿。

1 くださいました　　2 を　　3 中村さんが　　4 花瓶

練習2） □ の中から最も適当なことばを選んで、その記号を＿＿＿＿の上に書きなさい。

a.あげた	b.もらった	c.いただいた
d.やった	e.くれた	f.くださった

① 金子先生は 私に 丁寧な手紙を＿＿＿＿。

② 社長が 出張 に行った。

私たちは 社長 に 出張 のお土産を＿＿＿＿。（社長→私たち）

③ 金子さんが日本から来た。

私は 金子さんに 日本のお菓子を＿＿＿。（金子さん→私）

④ 空港まで 社長が 迎えに来て＿＿＿。

⑤ きのう 課長に 車で 送って＿＿＿。

⑥ きのう 友達が 私に 日本料理を作って＿＿＿。

⑦ 中村さんが 歌舞伎を 見に 連れて行って＿＿＿。

⑧ 私の誕生日に、息子は 自分で 作った紙飛行機を＿＿＿。

⑨ きのう 先生が 作文を直して＿＿＿。

⑩ 私は友達の写真を撮った。私は 友達に その写真を＿＿＿。
（私→友達）

練習3）（　　）の中から最も適当なことばをひとつ選んでください。

① 私は 毎朝 花に 水を（a.くれます　b.やります）。

② 私たちは 田中さんに お祝いを（a.あげます　b.やります）。

③ 弟は 校長先生に 賞状を（a.もらいました　b.いただきました）。

④ 私の手帳を 見つけたら、連絡して（a.いただけませんか　b.あげられませんか）。

⑤ 先日 課長に 貸して（a.くださった　b.いただいた）本は とても役に立ちました。

⑥ 今晩 妹の 宿題を 手伝って（a.やります　b.くれます）。

⑦ これは 平成日本語学校の 先生が（a.いただいた　b.くださった）辞書で、とても 便利です。

⑧ これは 金子先生(かねこせんせい)の奥(おく)さんが 作(つく)って（a.いただいた　b.くださった）弁当(べんとう)です。

⑨ これは 李(り)さんが 撮(と)って（a.あげた　b.くれた）写真(しゃしん)です。

⑩ これは 娘(むすめ)に（a.あげる　b.やる）プレゼントです。

アクセントの確認（かくにん）

 7-3

文型（ぶんけい）1）

① わたしは ともだちに せんえんかしてもらいました。

② わたしは ともだちに じしょをかしてもらいました。

③ ちちは わたしを いろいろなところへつれていってくれました。

④ わたしは ともだちに ディズニーランドのしゃしんをみせてあげました。

⑤ せんせいは わたしに チョコレートをかってくれました。

文型（ぶんけい）2）

① わたしは せんせいに めいしをさしあげました。

② わたしは はなに みずをやりました。

③ わたしは さるに バナナをやりました。

④ わたしは むすめに おべんとうをつくってやりました。

⑤ わたしは ぶちょうに おいわいをさしあげました。

⑥ わたしは こどもに えをかいてやりました。

⑦ わたしは しらないひとに みちをおしえてあげました。

⑧ わたしは ともだちを えきまでむかえにいってあげました。

⑨ わたしは がくせいのはつおんをなおしてあげました。

⑩ わたしは すずきさんに ちゅうごくごをおしえてあげました。

文型3)

①わたしは ぶちょうに しりょうをおくっていただきました。

②わたしは おとうとに ちずをかいてもらいました。

③わたしは ちちに たいわんごのうたをおしえてもらいました。

④わたしは むすこに てがみをよんでもらいました。

⑤わたしは ともだちに にもつをとどけてもらいました。

⑥わたしは ちんさんに うたをうたってもらいました。

⑦わたしは しゃちょうに とうきょうをあんないしていただきました。

⑧わたしは おきゃくさまに えきまでおくっていただきました。

⑨わたしは いもうとに ひっこしをてつだってもらいました。

⑩わたしは いでのせんせいに にほんごをおしえていただきました。

文型4)

①いとうせんせいは わたしに おきなわをあんないしてくださいました。

②ともだちは わたしのいぬを さんぽにつれていってくれました。

③こどもは まどをあけてくれました。

④たなかさんは わたしのむすめを にほんへつれていってくれました。

⑤ちちは わたしを くるまでくうこうまでおくってくれました。

⑥てんいんは わたしにつかいかたをせつめいしてくれました。

⑦ともだちは わたしに スーツケースをかしてくれました。

⑧おきゃくさまは わがしゃのしょうひんをかってくださいました。

⑨かちょうは わたしのしごとをてつだってくださいました。

⑩ あのせんせいは わたしのむすこに にほんごをおしえてくださいました。

文型(ぶんけい)5）

① サイズがちいさいんですが、もっとおおきいサイズを もってきていただけませんか。

サイズがちいさいんですが、もっとおおきいサイズを もってきてくださいませんか。

② きしゃのカタログが ほしいんですが、おくっていただけませんか。

きしゃのカタログが ほしいんですが、おくってくださいませんか。

③ びょういんのじゅうしょが わからないんですが、ちずを かいていただけませんか。

びょういんのじゅうしょが わからないんですが、ちずを かいてくださいませんか。

④ じが よみにくいんですが、もっとおおきくかいていただけませんか。

じが よみにくいんですが、もっとおおきくかいてくださいませんか。

⑤ きょうは ぐあいが わるいんですが、かわりに かいぎに しゅっせきしていただけませんか。

きょうは ぐあいが わるいんですが、かわりに かいぎに しゅっせきしてくださいませんか。

Unit 8 どうしたらいいですか。

一 病気（びょうき）

8-1

風邪（かぜ）を引（ひ）く 感冒	注射（ちゅうしゃ）を打（う）つ 打針	体重（たいじゅう） 體重	痛（いた）い 痛
熱（ねつ）が出（で）る／下（さ）がる 發燒／退燒	下痢（げり）をする 拉肚子	血圧（けつあつ） 血壓	けが 受傷
咳（せき）が出（で）る 咳嗽	脱（ぬ）ぐ 脫	体温計（たいおんけい） 體溫計	やけど 燙傷
吐（は）き気（け）がする 想要嘔吐	向（む）く 朝向	解熱剤（げねつざい） 退燒藥	ぼんやり 發呆、頭腦模糊不清
食欲（しょくよく）がない 沒食慾	起（お）こす 引起	脇（わき） 腋下	それはいけません 那不行
喉（のど）が渇（かわ）く 口渴	計（はか）る 量	お腹（なか） 肚子	お大事（だいじ）に 多多保重

二 文型（ぶんけい）

文型（ぶんけい）1）アドバイス

例（れい）1）パソコンが 故障（こしょう）しました・新（あたら）しいパソコンを 買（か）います

…パソコンが 故障（こしょう）したら、新（あたら）しいパソコンを 買（か）ったほうがいいです。

例（れい）2）ゴールデンウィーク[1]はどこも込（こ）み[2]ます・出（で）かけません。

…ゴールデンウィークはどこも込（こ）むので、出（で）かけないほうがいいです。

① 風邪（かぜ）を 引（ひ）いたら・病院（びょういん）へ 行（い）きます

…＿＿＿＿＿＿＿＿＿＿。

② 体（からだ）に 悪（わる）いです・たばこを 吸（す）いません

…＿＿＿＿＿＿＿＿＿＿。

③ 治安（ちあん）が よくないです・現金（げんきん）を たくさん持（も）ちません

…＿＿＿＿＿＿＿＿＿＿。

④ 野菜（やさい）は 体（からだ）にいいです・毎日食（まいにちた）べます

…＿＿＿＿＿＿＿＿＿＿。

⑤ 体（からだ）の 調子（ちょうし）が 悪（わる）いです・お酒（さけ）を 飲（の）みません

…＿＿＿＿＿＿＿＿＿＿。

⑥ 胃（い）が痛（いた）かったら・胃薬（いぐすり）を飲（の）みます

…＿＿＿＿＿＿＿＿＿＿。

---

1 ゴールデンウィーク（Golden Week）和製英語，又稱黃金周，在4月底5月初有很多假期，這期間會有很長的連假，天氣不會太冷或太熱，是非常適合去旅行的時期。

2 込（こ）みます（込（こ）む）人多、擁擠、混雜。

⑦ もう夜遅(よるおそ)いです・一人(ひとり)で 歩(ある)きません

…＿＿＿＿＿＿＿＿＿＿＿＿＿＿＿＿＿＿＿＿＿＿＿＿＿。

⑧ もう遅(おそ)い時間(じかん)です・電話(でんわ)を 掛(か)けません

…＿＿＿＿＿＿＿＿＿＿＿＿＿＿＿＿＿＿＿＿＿＿＿＿＿。

⑨ 時間(じかん)がありません・急(いそ)ぎます

…＿＿＿＿＿＿＿＿＿＿＿＿＿＿＿＿＿＿＿＿＿＿＿＿＿。

⑩ 若(わか)いです・いろいろ経験(けいけん)します

…＿＿＿＿＿＿＿＿＿＿＿＿＿＿＿＿＿＿＿＿＿＿＿＿＿。

文型(ぶんけい)2）現状維持(げんじょういじ)

例(れい)）きのう めがねを かける・寝(ね)た

…きのう めがねを かけたまま寝(ね)ました。

① テレビをつける・出(で)かけた

…＿＿＿＿＿＿＿＿＿＿＿＿＿＿＿＿＿＿＿＿＿＿＿＿＿。

② 車(くるま)が 止(と)まる・動(うご)かない

…＿＿＿＿＿＿＿＿＿＿＿＿＿＿＿＿＿＿＿＿＿＿＿＿＿。

③ 日本(にほん)では 靴(くつ)を履(は)く・部屋(へや)に 入(はい)ってはいけない

…＿＿＿＿＿＿＿＿＿＿＿＿＿＿＿＿＿＿＿＿＿＿＿＿＿。

④ まどを 開(あ)ける・旅行(りょこう)に 行(い)った

…＿＿＿＿＿＿＿＿＿＿＿＿＿＿＿＿＿＿＿＿＿＿＿＿＿。

⑤ ジャケット[3]のポケット[4]に お金を入れる・洗濯した

…＿＿＿＿＿＿＿＿＿＿＿＿＿＿＿＿＿＿＿＿＿＿＿＿＿＿。

⑥ 料理をしているとき火を 付ける・電話に出た

…＿＿＿＿＿＿＿＿＿＿＿＿＿＿＿＿＿＿＿＿＿＿＿＿＿＿。

⑦ エアコン[5]を つける・出かけた

…＿＿＿＿＿＿＿＿＿＿＿＿＿＿＿＿＿＿＿＿＿＿＿＿＿＿。

Q：よくテレビを 付けたまま寝ますか。
A：

文型3） 直後（気持ち）

例）彼女は 結婚しました・とても忙しいです

…彼女は 結婚したばかりです。とても忙しいです。

① 先週この靴を 買いました・まだ履いていません

…＿＿＿＿＿＿＿＿＿＿＿＿＿＿＿＿＿＿＿＿＿＿＿＿＿＿。

② 山田さんは 3ヶ月前に台湾に 来ました・まだ中国語が わかりません

…＿＿＿＿＿＿＿＿＿＿＿＿＿＿＿＿＿＿＿＿＿＿＿＿＿＿。

③ 彼は 先月入社しました・まだ慣れません

…＿＿＿＿＿＿＿＿＿＿＿＿＿＿＿＿＿＿＿＿＿＿＿＿＿＿。

---

3 ジャケット　（jacket）夾克外套。

4 ポケット　（pocket）口袋。

5 エアコン　（air conditioner）「エア コンディショナー」的縮寫，空調。

④ 先月退院しました・まだスポーツができません

…＿＿＿＿＿＿＿＿＿＿＿＿＿＿＿＿＿＿＿＿＿＿＿＿＿＿＿＿。

⑤ 先月 日本へ来ました・まだ日本の 習 慣が 分かりません

…＿＿＿＿＿＿＿＿＿＿＿＿＿＿＿＿＿＿＿＿＿＿＿＿＿＿＿＿。

Q：待ちましたか？来たばかりですか？
A：

文型4）直 後（事実）

例）きょう 何時に 帰りましたか。（今・帰る）

…いま帰ったところです。

① 伊藤さんは いますか。（さっき・出かける）

…＿＿＿＿＿＿＿＿＿＿＿＿＿＿＿＿＿＿＿＿＿＿＿＿＿＿＿＿。

② バスは まだ来ないんですか。（たった今・出る）

…＿＿＿＿＿＿＿＿＿＿＿＿＿＿＿＿＿＿＿＿＿＿＿＿＿＿＿＿。

③ 今日 何時に 起きましたか。（たった今・起きる）

…＿＿＿＿＿＿＿＿＿＿＿＿＿＿＿＿＿＿＿＿＿＿＿＿＿＿＿＿。

④ 送った書類が 届きましたか。（さっき・届く）

…＿＿＿＿＿＿＿＿＿＿＿＿＿＿＿＿＿＿＿＿＿＿＿＿＿＿＿＿。

⑤ 映画は もう始まりましたか。（たった今・始まる）

…＿＿＿＿＿＿＿＿＿＿＿＿＿＿＿＿＿＿＿＿＿＿＿＿＿＿＿＿。

文型5）場所の指示

例）この道を まっすぐ行く・駅がある

…この道を まっすぐ行ったところに 駅があります。

① この橋を 渡る・レストランがある

…＿＿＿＿＿＿＿＿＿＿＿＿＿＿＿＿＿＿＿＿＿＿＿＿＿＿。

② 夜市を 抜ける[6]・駐車場がある

…＿＿＿＿＿＿＿＿＿＿＿＿＿＿＿＿＿＿＿＿＿＿＿＿＿＿。

③ 改札口を 出る・売店がある

…＿＿＿＿＿＿＿＿＿＿＿＿＿＿＿＿＿＿＿＿＿＿＿＿＿＿。

④ この坂を 上る・おしゃれな[7]喫茶店がある

…＿＿＿＿＿＿＿＿＿＿＿＿＿＿＿＿＿＿＿＿＿＿＿＿＿＿。

⑤ 階段を 下りる・靴売り場がある

…＿＿＿＿＿＿＿＿＿＿＿＿＿＿＿＿＿＿＿＿＿＿＿＿＿＿。

Q：郵便局は どこにありますか。
A：＿＿＿＿＿＿＿＿＿＿＿＿＿＿＿たところにあります。

文型6）一致性

例1）レシピ[8]です・作りました。

…レシピのとおりに、作りました。

---

6 抜ける　穿過。

7 おしゃれ（な）　時髦、華麗。

8 レシピ　（recipe）食譜。

例2）本で見ました・組み立てる

…本で見たとおりに、組み立てました。

①先生が教えました・練習してください

…＿＿＿＿＿＿＿＿＿＿＿＿＿＿＿＿＿＿＿＿＿＿＿＿。

②いまから私が言います・書いてください

…＿＿＿＿＿＿＿＿＿＿＿＿＿＿＿＿＿＿＿＿＿＿＿＿。

③矢印[9]です・切ってください

…＿＿＿＿＿＿＿＿＿＿＿＿＿＿＿＿＿＿＿＿＿＿＿＿。

④いまから私が説明します・操作してください

…＿＿＿＿＿＿＿＿＿＿＿＿＿＿＿＿＿＿＿＿＿＿＿＿。

⑤マニュアル[10]です・やってください

…＿＿＿＿＿＿＿＿＿＿＿＿＿＿＿＿＿＿＿＿＿＿＿＿。

Q：レシピのとおりに料理をしますか。
A：

文型7）当然

例1）さっき荷物を送りました・あした届きます

…さっき荷物を送りましたから、あした届くはずです。

9 矢印　箭頭。

10 マニュアル（manual）操作手冊。

例2）彼は 毎日勉強しないで遊んでいます・大学に 合格できません

…彼は 毎日勉強しないで遊んでいますから、大学に 合格できるはずがありません。

① 王さんは 日本へ 留学に行ったことがあります・日本語が 上手です

…____。

② 解熱剤を 飲みました・熱が 下がります

…____。

③ 彼女は 英語を勉強しています・英語が 上手です

…____。

④ ガイドブック[11]を 持っています・迷いません

…____。

⑤ 月曜日です・美術館は 休みです

…____。

⑥ 彼は 正直な人です・嘘を つきません

…____。

⑦ この店は いい食材を使っています・まずくないです

…____。

⑧ 彼は 海外出張に行きました・ここに いません

…____。

11 ガイドブック （guidebook）旅遊書。

⑨ コンサートの開演（かいえん）は 午後（ごご）6時半（じはん）です・タクシーに 乗（の）ったら間（ま）に合（あ）います

…＿＿＿＿＿＿＿＿＿＿＿＿＿＿＿＿＿＿＿＿。

⑩ この報告（ほうこく）は 部長（ぶちょう）にチェックしてもらいました・間違（まちが）っていません

…＿＿＿＿＿＿＿＿＿＿＿＿＿＿＿＿＿＿＿＿。

Q：DHL[12]なら　3日以内（みっかいない）に届（とど）きますか。
A：

☆平成知恵袋（へいせいちえぶくろ）☆

ところ の使（つか）い方（かた）

① 直前（ちょくぜん）：ちょうど今（いま）から会議（かいぎ）が始（はじ）まるところです。

②最中（さいちゅう）：いま　故障（こしょう）の原因（げんいん）を調（しら）べているところです。

③ 直後（ちょくご）：たったいま　電車（でんしゃ）が出（で）たところです。

[12] DHL　快遞貨運公司。

練習　（　　）の中のことばを適当な形にして書きなさい。

① これから 飲みに 行くんですが、一緒に いかがですか。

A：はい、たった今 仕事が（終わります…　　　　　）ところです。

B：これから お客さんに電話を（かけます…　　　　　）ところなので、ちょっと 待って いただけませんか。

C：今 課長に 頼まれた仕事を（やっています…　　　　　）ところなので、あとで 行ってもいいですか。

② 会議の 準備は 進んでいますか。

A：これから 資料を（集めます…　　　　　）ところです。

B：やっと 内容を（まとめます…　　　　　）ところです。

C：いま ワード[13]で（打っています…　　　　　）ところです

③ 野球の試合は もう 始まっていますか。

A：さあ、私は 今（来ます…　　　　　）ところです。分かりません。

B：ちょうど 今から（始まります…　　　　　）ところです。

④ ちょっと 日本語の辞書を 貸して いただけませんか。

…すみません。今（使います…　　　　　）ところなんです。

---

[13] ワード（word）Microsoft Word，文件及文字處理軟體。

三 応用会話

8-2

場面：病院で

医者：どうしましたか。

患者：きのうから熱が出て、元気が ないんです。

医者：熱を測ります。体温計を 脇の下に挟んでください。

患者：はい、分かりました。

医者：38度ありますね。口をあけて。

患者：はい。

医者：お腹を 見せてください。

患者：いかがでしょうか。

医者：そうですね。風邪ですね。解熱剤をあげます。お薬手帳[14]のとおりに飲んでください。熱が 下がるはずです。それから、この2、3日、お風呂に入らないほうがいいです。

患者：はい、分かりました。

医者：どうぞ、お大事に。

患者：どうもありがとうございました。

14 お薬手帳　記載用藥紀錄、既往病例、過敏等醫療相關者須知道之手冊。

四 総合練習

練習1）「ばかり」、「ところ」、「はず」を使って、正しい文を作ってください。

①ビールは ありますか。

…いいえ、今から 買いに（行きます…　　　　　　　　　）です。

②陳さんは もう32歳です。（中学生…　　　　　　　　　）が ありません。

③パーティーは これから（始まります…　　　　　　　　　）です。

④東京は もう暑いですね。

北海道では この間 桜が（咲きます…　　　　　　　　　）ですよ。

⑤日本語を（習い始めます…　　　　　　　　　）ですから、まだ 上手じゃありません。

⑥平成日本語学校は 日曜日は（休み…　　　　　　　　　）ですよ。

⑦このレストランは 先月（できます…　　　　　　　　　）です。

⑧もう 9時ですから、日本語の授業が（終わります…　　　　　　　　　）ですよ。

⑨鈴木さんは 台湾に 8年も 住んでいるんですから、台湾語が（分かります…　　　　　　　　　）です。

⑩彼は（独身…　　　　　　　　　）はずです。ときどき奥さんの話をしますよ。

練習(れんしゅう)2）（　　）の中(なか)から適当(てきとう)なことばを選(えら)んでください。

① 毎日(まいにち)（a.運動(うんどう)した　b.運動(うんどう)しない）ほうが いいです。

② きのう 電気(でんき)を（a.つけても　b.つけると　c.つけた）まま寝(ね)ました。

③ 先生(せんせい)に 教(おし)えてもらった（a.とおりに　b.また　c.ところ）作(つく)りました。

④ 先週(せんしゅう) 買(か)った（a.ところ　b.また　c.ばかり）の時計(とけい)は もう故障(こしょう)しました。

⑤ 旧正月(きゅうしょうがつ)の 休暇(きゅうか)は 込(こ)みますから、早(はや)くホテルを 予約(よやく)した（a.まま　b.ほう　c.とおり）がいいです。

アクセントの確認（かくにん）

8-3

文型（ぶんけい）1）

①かぜをひいたら、びょういんへ　いったほうが　いいです。

②からだに　わるいので、たばこを　すわないほうが　いいです。

③ちあんが　よくないので、げんきんを　たくさんもたないほうが　いいです。

④やさいは　からだにいいので、まいにちたべたほうが　いいです。

⑤からだのちょうしが　わるかったら、おさけを　のまないほうが　いいです。

⑥いがいたかったら、いぐすりをのんだほうがいいです。

⑦もう　よるおそいので、ひとりで　あるかないほうが　いいです。

⑧もう　おそいじかんなので、でんわを　かけないほうが　いいです。

⑨じかんが　ないので、いそいだほうが　いいです。

⑩わかいので、いろいろけいけんしたほうが　いいです。

文型（ぶんけい）2）

①テレビを　つけたまま　でかけました。

②くるまが　とまったまま　うごきません。

③にほんでは　くつをはいたまま　へやに　はいってはいけません。

④まどを　あけたまま　りょこうに　いきました。

⑤ジャケットのポケットに　おかねを　いれたまま　せんたくしました。

⑥りょうりを　しているとき、ひをつけたまま　でんわにでました。

⑦エアコンを　つけたまま　でかけました。

文型3）

① せんしゅう このくつを かったばかりです。まだはいていません。

② やまださんは さんかげつまえに たいわんに きたばかりです。まだちゅうごくごが わかりません。

③ かれは せんげつにゅうしゃしたばかりです。まだなれません。

④ せんげつたいいんしたばかりです。まだスポーツが できません。

⑤ せんげつ にほんへ きたばかりです。まだにほんのしゅうかんが わかりません。

文型4）

① さっき でかけたところです。

② たったいま でたところです。

③ たったいま おきたところです。

④ さっき とどいたところです。

⑤ たったいま はじまったところです。

文型5）

① このはしを わたったところに レストランが あります。

② よいちを ぬけたところに ちゅうしゃじょうが あります。

③ かいさつぐちを でたところに ばいてんが あります。

④ このさかを のぼったところに おしゃれなきっさてんが あります。

⑤ かいだんを おりたところに くつうりばが あります。

文型(ぶんけい)6）

① せんせいが おしえたとおりに れんしゅうしてください。

② いまからわたしが いうとおりに かいてください。

③ やじるしのとおりに きってください。

④ いまからわたしが せつめいするとおりに そうさしてください。

⑤ マニュアルのとおりに やってください。

文型(ぶんけい)7）

① おうさんは にほんへりゅうがくしたことが ありますから、にほんごがじょうずなはずです。

② げねつざいを のみましたから、ねつがさがるはずです。

③ かのじょは えいごを べんきょうしていますから、えいごが じょうずなはずです。

④ ガイドブックを もっていますから、まようはずが ありません。

⑤ げつようびですから、びじゅつかんは やすみのはずです。

⑥ かれは しょうじきなひとですから、うそをつくはずが ありません。

⑦ このみせは いいしょくざいを つかっていますから、まずいはずが ありません。

⑧ かれは かいがいしゅっちょうに いきましたから、ここに いるはずがありません。

⑨ コンサートのかいえんはごごろくじはんですから、タクシーにのったらまにあうはずです。

⑩ このほうこくは ぶちょうに チェックしてもらいましたから、まちがっていない

はずです。

Unit 9 日本語(にほんご)が 話(はな)せるようになりました。

一【可能(かのう)】の作(つく)り方(かた)

Ⅰグループ	行(い)く	→	行(い)ける	エ段(だん)
Ⅱグループ	食(た)べる	→	食(た)べられる	
Ⅲグループ	する	→	できる	
	来(く)る	→	来(こ)られる	

練習(れんしゅう)1

Ⅰグループ	可能(かのう)（肯定形(こうていけい)）	可能(かのう)（否定形(ひていけい)）
働(はたら)く　（かきくけこ）		
泳(およ)ぐ		
話(はな)す		
読(よ)む		
Ⅱグループ		
起(お)きる　（られる）		
食(た)べる		
Ⅲグループ		
する	できる	
来(く)る		

☆便利なコンビニで…☆

例）切手を買う…（切手が買える）

1）ファクスを送る…（　　　　　　　　　　　　　　　　　　　　）

2）電気代を払う…（　　　　　　　　　　　　　　　　　　　　）

3）カラーコピーをする…（　　　　　　　　　　　　　　　　　　　　）

4）コンサートのチケットを買う…（　　　　　　　　　　　　　　　　　　　　）

5）トイレを借りる…（　　　　　　　　　　　　　　　　　　　　）

6）電話をかける…（　　　　　　　　　　　　　　　　　　　　）

7）お金をおろす…（　　　　　　　　　　　　　　　　　　　　）

8）国際郵便を出す…（　　　　　　　　　　　　　　　　　　　　）

9）道を聞く…（　　　　　　　　　　　　　　　　　　　　）

10）ホテルを予約する…（　　　　　　　　　　　　　　　　　　　　）

11）電子レンジで温める…（　　　　　　　　　　　　　　　　　　　　）

12）段ボール箱をただでもらう…（　　　　　　　　　　　　　　　　　　　　）

13）雑誌を読む…（　　　　　　　　　　　　　　　　　　　　）

14）アルバイトする…（　　　　　　　　　　　　　　　　　　　　）

15）宅配便を頼む…（　　　　　　　　　　　　　　　　　　　　）

☆平成知恵袋☆

私は 日本語ができる。　（人が意志をもってする動作の動詞）

電池が 切れたから、このおもちゃは もう動けません。（×）

電池が 切れたから、このおもちゃは もう動きません。（○）

（主語が意思を持たない場合、可能動詞を使わない）

二 文型(ぶんけい)

好きです

文型(ぶんけい)1）【可能(かのう)】

例(れい)）日本語(にほんご)を話(はな)す

…日本語(にほんご)が話(はな)せます。

① ピアノを弾(ひ)く

…＿＿＿＿＿＿＿＿＿＿＿＿＿＿＿＿＿＿＿＿。

② お酒(さけ)を飲(の)む

…＿＿＿＿＿＿＿＿＿＿＿＿＿＿＿＿＿＿＿＿。

③ 富士山(ふじさん)に登(のぼ)る

…＿＿＿＿＿＿＿＿＿＿＿＿＿＿＿＿＿＿＿＿。

④ 一人(ひとり)で東京(とうきょう)へ行く

…＿＿＿＿＿＿＿＿＿＿＿＿＿＿＿＿＿＿＿＿。

⑤ 車(くるま)の運転(うんてん)をする

…＿＿＿＿＿＿＿＿＿＿＿＿＿＿＿＿＿＿＿＿。

⑥ 外国(がいこく)にいる→親(おや)に会(あ)わない

… 外国(がいこく)にいるから、＿＿＿＿＿＿＿＿＿＿＿＿＿＿＿＿。

⑦ お腹(なか)が痛(いた)い→何(なに)も食(た)べない

…お腹(なか)が痛(いた)いから、＿＿＿＿＿＿＿＿＿＿＿＿＿＿＿＿。

⑧ お金(かね)がない→何(なに)も買(か)わない

…お金(かね)がないから、＿＿＿＿＿＿＿＿＿＿＿＿＿＿＿＿。

⑨ 空港でお金を換える

…＿＿＿＿＿＿＿＿＿＿＿＿＿＿＿＿＿＿＿＿。

⑩ ケーキを作る

…＿＿＿＿＿＿＿＿＿＿＿＿＿＿＿＿＿＿＿＿。

Q：日本語が上手に話せますか？
A：

文型2）【可能】の自動詞

例1）天気がいい・山・見える

…天気がいいので、山が見えます。

例2）隣の部屋・声・聞こえる

…隣の部屋から声が聞こえます。

① 2年間勉強した・日本語・すこしわかる

…＿＿＿＿＿＿＿＿＿＿＿＿＿＿＿＿＿＿＿＿。

② 海が近い・波の音・聞こえる

…＿＿＿＿＿＿＿＿＿＿＿＿＿＿＿＿＿＿＿＿。

③ マイクがある・声・一番後ろまで聞こえる

…＿＿＿＿＿＿＿＿＿＿＿＿＿＿＿＿＿＿＿＿。

④ うるさい・先生の声・聞こえない

…＿＿＿＿＿＿＿＿＿＿＿＿＿＿＿＿＿＿＿＿。

⑤ 一番前の席に座った・選手の顔・よく見える

…＿＿＿＿＿＿＿＿＿＿＿＿＿＿＿＿＿＿＿＿。

Q：あなたの部屋から　何が見えますか。
A：

文型3）対比

例）{てんぷら・食べる / さしみ・食べない}

…てんぷらは 食べられますが、さしみは 食べられません。

① {日本語・できる / 英語・できない}

…＿＿＿＿＿＿＿＿＿＿＿＿＿＿＿＿＿＿＿＿。

② {日曜日・休む / 土曜日・休まない}

…＿＿＿＿＿＿＿＿＿＿＿＿＿＿＿＿＿＿＿＿。

③ {日本料理・作る / 台湾料理・作らない}

…＿＿＿＿＿＿＿＿＿＿＿＿＿＿＿＿＿＿＿＿。

④ {ビール・飲む / ウイスキー・飲まない}

…＿＿＿＿＿＿＿＿＿＿＿＿＿＿＿＿＿＿＿＿。

⑤ 家で・{犬・飼う / 猫・飼わない}

…＿＿＿＿＿＿＿＿＿＿＿＿＿＿＿＿＿＿＿＿。

⑥ 図書館で・{本を借りる / 辞書を借りない}

…＿＿＿＿＿＿＿＿＿＿＿＿＿＿＿＿＿＿＿＿。

⑦ ニュージーランドは・{12月に泳ぐ / 6月に泳がない}

…＿＿＿＿＿＿＿＿＿＿＿＿＿＿＿＿＿＿＿＿。

⑧ 空港まで・{地下鉄で行ける / 電車で行けない}

…＿＿＿＿＿＿＿＿＿＿＿＿＿＿＿＿＿＿＿＿。

⑨ 彼のことを・{姉に話した／父に話さなかった}

…＿＿＿＿＿＿＿＿＿＿＿＿＿＿＿＿＿＿＿＿。

⑩ 富士山に・{夏に登る／冬に登らない}

…＿＿＿＿＿＿＿＿＿＿＿＿＿＿＿＿＿＿＿＿。

Q：日本語も英語も 話せますか？
A：

文型4）取立て

例）高雄からも 直行便で東京へ行けますか。

…はい、高雄からも 直行便で東京へ行けます。

…いいえ、高雄からは 直行便で東京へ行けません。

① 台湾でも 雪が降りますか。

…＿＿＿＿＿＿＿＿＿＿＿＿＿＿＿＿＿＿＿＿。

② 名古屋からも 富士山が見えますか。

…＿＿＿＿＿＿＿＿＿＿＿＿＿＿＿＿＿＿＿＿。

③ そのケータイでも スカイプ[1]ができますか。

…＿＿＿＿＿＿＿＿＿＿＿＿＿＿＿＿＿＿＿＿。

④ ウーロン茶にも 砂糖を入れますか。

…＿＿＿＿＿＿＿＿＿＿＿＿＿＿＿＿＿＿＿＿。

1　スカイプ（skype）一款通訊應用軟體，可通過網際網路進行視訊通話和語音通話的服務。

⑤ 外国人(がいこくじん)でも 保険(ほけん)に加入(かにゅう)できますか。

…＿＿＿＿＿＿＿＿＿＿＿＿＿＿＿＿＿＿＿＿＿＿＿＿＿＿＿＿。

Q：2階(かい)にも トイレがありますか。
A：

文型(ぶんけい)5）能力(のうりょく)・状況(じょうきょう)・社会(しゃかい)の変化(へんか)

例(れい)）毎日(まいにち) 勉強(べんきょう)しました・少(すこ)し日本語(にほんご)を 話(はな)す

…毎日(まいにち) 勉強(べんきょう)したので、少(すこ)し日本語(にほんご)が 話(はな)せるようになりました。

① 冷凍技術(れいとうぎじゅつ)が 発達(はったつ)した・一年中(いちねんじゅう) 夏(なつ)の果物(くだもの)を 食(た)べる

…＿＿＿＿＿＿＿＿＿＿＿＿＿＿＿＿＿＿＿＿＿＿＿＿＿＿＿＿。

② 一生懸命(いっしょうけんめい) 練習(れんしゅう)した・試合(しあい)に でる

…＿＿＿＿＿＿＿＿＿＿＿＿＿＿＿＿＿＿＿＿＿＿＿＿＿＿＿＿。

③ 節約生活(せつやくせいかつ)している・貯金(ちょきん)する

…＿＿＿＿＿＿＿＿＿＿＿＿＿＿＿＿＿＿＿＿＿＿＿＿＿＿＿＿。

④ たばこを やめた・ご飯(はん)をおいしく感(かん)じる

…＿＿＿＿＿＿＿＿＿＿＿＿＿＿＿＿＿＿＿＿＿＿＿＿＿＿＿＿。

⑤ 日本語(にほんご)を 勉強(べんきょう)した・NHKのニュースを聞(き)き取(と)る

…＿＿＿＿＿＿＿＿＿＿＿＿＿＿＿＿＿＿＿＿＿＿＿＿＿＿＿＿。

⑥ EMSが ある・2日以内(ふつかいない)に 届(とど)ける

…＿＿＿＿＿＿＿＿＿＿＿＿＿＿＿＿＿＿＿＿＿＿＿＿＿＿＿＿。

⑦ 元気(げんき)になって退院(たいいん)した・たくさん食(た)べる

…＿＿＿＿＿＿＿＿＿＿＿＿＿＿＿＿＿＿＿＿＿＿＿＿＿＿＿＿。

⑧ 仕事(しごと)が 忙(いそが)しくなった・最近恋人(さいきんこいびと)と 会(あ)わない

…＿＿＿＿＿＿＿＿＿＿＿＿＿＿＿＿＿＿＿＿＿＿＿＿＿＿＿＿＿＿。

⑨ 妊娠(にんしん)した・旅行(りょこう)に 参加(さんか)しない

…＿＿＿＿＿＿＿＿＿＿＿＿＿＿＿＿＿＿＿＿＿＿＿＿＿＿＿＿＿＿。

⑩ 治安(ちあん)が 悪(わる)くなった・子供(こども)が 外(そと)で遊(あそ)ばない

…＿＿＿＿＿＿＿＿＿＿＿＿＿＿＿＿＿＿＿＿＿＿＿＿＿＿＿＿＿＿。

Q：もう日本語(にほんご)が 上手(じょうず)に話(はな)せるようになりましたか？
A：いいえ、まだ＿＿＿＿＿＿＿＿＿＿＿＿＿＿＿＿＿＿ 早(はや)く上手(じょうず)に話(はな)せるようになりたいです。

文型(ぶんけい)6）習慣(しゅうかん)

例(れい)）毎日歩(まいにちある)きます

…できるだけ 毎日歩(まいにちある)くようにしています。

① エレベーターに乗(の)りません

…＿＿＿＿＿＿＿＿＿＿＿＿＿＿＿＿＿＿＿＿＿＿＿＿＿＿＿＿＿＿。

② 野菜(やさい)を食(た)べます

…＿＿＿＿＿＿＿＿＿＿＿＿＿＿＿＿＿＿＿＿＿＿＿＿＿＿＿＿＿＿。

③ ブランド品(ひん)を買(か)いません

…＿＿＿＿＿＿＿＿＿＿＿＿＿＿＿＿＿＿＿＿＿＿＿＿＿＿＿＿＿＿。

④ 授業(じゅぎょう)に欠席(けっせき)しません

…＿＿＿＿＿＿＿＿＿＿＿＿＿＿＿＿＿＿＿＿＿＿＿＿＿＿＿＿＿＿。

⑤ 会議に遅れません

…＿＿＿＿＿＿＿＿＿＿＿＿＿＿＿＿＿＿＿＿。

文型7）目的

例1） 病気にならない・たくさん野菜を食べる

…病気に ならないように、たくさん野菜を 食べます。

例2）早く届く・EMSで 出す

…早く届くように、EMSで 出します。

① 電話番号を 忘れない・メモした

…＿＿＿＿＿＿＿＿＿＿＿＿＿＿＿＿＿＿＿＿。

② お客さんの名前を 間違えない・気を つける

…＿＿＿＿＿＿＿＿＿＿＿＿＿＿＿＿＿＿＿＿。

③ 車 に傷を つけない・安全運転する

…＿＿＿＿＿＿＿＿＿＿＿＿＿＿＿＿＿＿＿＿。

④ 鍵を なくさない・キーホルダー[2]を 用意する

…＿＿＿＿＿＿＿＿＿＿＿＿＿＿＿＿＿＿＿＿。

⑤ 財布を 落とさない・かばんのポケットに 入れる

…＿＿＿＿＿＿＿＿＿＿＿＿＿＿＿＿＿＿＿＿。

⑥ 遅刻しない・早い時間に 出かける

…＿＿＿＿＿＿＿＿＿＿＿＿＿＿＿＿＿＿＿＿。

2　キーホルダー（key holder）鑰匙圈。

⑦ 太らない・毎日ジョギングする

…＿＿＿＿＿＿＿＿＿＿＿＿＿＿＿＿＿＿＿＿＿＿＿。

⑧ 子供が 触らない・薬を ロッカー[3]にしまう

…＿＿＿＿＿＿＿＿＿＿＿＿＿＿＿＿＿＿＿＿＿＿＿。

⑨ いいスピーチが できる・毎日練習 している

…＿＿＿＿＿＿＿＿＿＿＿＿＿＿＿＿＿＿＿＿＿＿＿。

⑩ 会議の時間に 間に合う・朝一番の電車に 乗る

…＿＿＿＿＿＿＿＿＿＿＿＿＿＿＿＿＿＿＿＿＿＿＿。

文型8）目的

例）マイホーム[4]を 買う・節約している

…マイホームを 買うために、節約しています。

① 日本の文化を 知る・日本へ 留学に 行く

…＿＿＿＿＿＿＿＿＿＿＿＿＿＿＿＿＿＿＿＿＿＿＿。

② ドラマを 見る・早く家へ 帰る

…＿＿＿＿＿＿＿＿＿＿＿＿＿＿＿＿＿＿＿＿＿＿＿。

③ 大学に 入る・一生懸命勉強 している

…＿＿＿＿＿＿＿＿＿＿＿＿＿＿＿＿＿＿＿＿＿＿＿。

---

3 ロッカー（locker）置物櫃、帶鎖的櫥櫃。

4 マイホーム（myhome）我的家、自己的家。

④ 日本(にほん)で 生活(せいかつ)する・毎日(まいにち)日本語(にほんご)を 勉強(べんきょう)している

…＿＿＿＿＿＿＿＿＿＿＿＿＿＿＿＿＿＿＿＿＿＿＿＿＿＿＿＿＿＿。

⑤ 医者(いしゃ)に なる・医学部(いがくぶ)を 受験(じゅけん)する

…＿＿＿＿＿＿＿＿＿＿＿＿＿＿＿＿＿＿＿＿＿＿＿＿＿＿＿＿＿＿。

三 応用会話

9-1

場面：倉庫で

陳　：何を探しているんですか。

田中：物がたくさん入れられる箱を 探しているんです。ちょっと部屋を 整理整頓したいので…。

陳　：そうですか。新しい箱は ありませんが、古い箱は どこかにあると思いますよ。

田中：古い箱でも 大丈夫です。

陳　：どうして急に 部屋を 整理整頓するんですか。

田中：最近、夜何回も 目が覚めて、寝られません。それに 食欲がなくて、あまり食べられません。それで、部屋を きれいにして、生活を 改善したいんです。

陳　：そうなんですか。大変ですね。医者に 相談しましたか。

田中：ええ。昼間 体を 動かしたり、寝る前に 音楽を 聴いたりしたら、寝られるようになると 言っていました。

四 総合練習

練習1）（　　）の中から最も適当なことばを選んでください。

①A：そのおかし、よく（a.売ります　b.売れます）か。

B：ええ、すぐ 売り切れに なりますよ。

②説明が よかったので、よく（a.わかりました　b.わかることができました）。

③すみません、この切符で 映画が（a.見えます　b.見られます）か。

④このペンは よく（a.書きます　b.書けます）。

⑤もう少し 窓を 開けてください。風が（a.入りません　b.入れません）。

⑥時計が 壊れました。針が もう（a.動きません　b.動けません）。

⑦あ、へんな 音が（a.聞こえました　b.聞けました）。

⑧この川は よく 魚が（a.釣れます　b.釣ることが できます）。

⑨このかばんは 大きいから、たくさん（a.入ります　b.入れます）。

⑩あの人の声は 小さくて（a.聞けません　b.聞こえません）。

⑪陳さんは（a.トラックの運転を　b.トラックの運転が）できます。

⑫このナイフは よく（a.切れます　b.切れることができます）。

練習2）（　　）の中から最も適当なことばを選んでください。

①すみません。その鉛筆を（a.取って　b.取るようにして）ください。

②すぐ 行きますから、（a.待って　b.待つようにして）ください。

③ あ、そのお菓子(かし)は わたしのです。（a.食(た)べないで　b.食(た)べないようにして）ください。

④ A：ケーキ、おいしいですね。

B：そうですか、どうぞ たくさん（a.食(た)べて　b.食(た)べるようにして）ください。

⑤ すみませんが、ちょっと（a.手伝(てつだ)って　b.手伝(てつだ)うようにして）ください。

⑥ すみませんが、あと10分(ぷん)（a.待(ま)って　b.待(ま)つようにして）ください。

⑦ 道(みち)に ごみを（a.捨(す)てないで　b.捨(す)てないようにして）ください。

⑧ 使(つか)ったナイフは 元(もと)のところに（a.戻(もど)して　b.戻(もど)すようにして）ください。

⑨ ちょっと このホッチキスを（a.貸(か)して　b.貸(か)すようにして）ください。

⑩ 暑(あつ)いですね。ちょっと 窓(まど)を（a.開(あ)けて　b.開(あ)けるようにして）ください。

練習(れんしゅう)3）（　　）の中(なか)から最(もっと)も適当(てきとう)なことばを選(えら)んでください。

① 今(いま) 100円(えん)（a.まで　b.だけ　c.しか）持(も)っていません。

② 人(ひと)の名前(なまえ)が（a.そろそろ　b.なかなか　c.だんだん）覚(おぼ)えられません。

③ コートの（a.ウイスキー　b.クリーニング　c.クーラー）をお願(ねが)いします。

④ キーボードが（a.だいたい　b.まだ　c.だんだん）速(はや)く 打(う)てません。

⑤きのうの（a.ゆうべ　b.晩　c.今晩）山田さんが 来ました。

⑥ジムさんは 箸が（a.上手に　b.はっきり　c.とても）使えます。

⑦一人で（a.どこでも　b.何でも　c.全部で）行けます。

⑧眼鏡を かけないと、新聞の字が（a.全部で　b.上手に　c.はっきり）見えません。

⑨仕事が 終わったら（a.すぐ　b.まだ　c.いま）帰ります。

アクセントの確認(かくにん)

文型(ぶんけい)1）

① ピアノが ひけます。

② おさけが のめます。

③ ふじさんに のぼれます。

④ ひとりで とうきょうに いけます。

⑤ くるまのうんてんが できます。

⑥ がいこくに いるから、おやに あえません。

⑦ おなかが いたいから、なにもたべられません。

⑧ おかねが ないから、なにもかえません。

⑨ くうこうで おかねが かえられます。

⑩ ケーキが つくれます。

文型(ぶんけい)2）

① にねんかんべんきょうしたので、にほんごが すこし わかります。

② うみにちかいので、なみのおとが きこえます。

③ マイクがあるので、こえが いちばんうしろまできこえます。

④ うるさいので、せんせいのこえがきこえません。

⑤ いちばんまえのせきにすわったので、せんしゅのかおが よくみえます。

文型3）

①にほんごはできますが、えいごはできません。

②にちようびは やすめますが、どようびは やすめません。

③にほんりょうりは つくれますが、たいわんりょうりは つくれません。

④ビールは のめますが、ウイスキーは のめません。

⑤うちで いぬは かえますが、ねこは かえません。

⑥としょかんで ほんは かりられますが、じしょは かりられません。

⑦ニュージーランドは じゅうにがつには およげますが、ろくがつには およげません。

⑧くうこうまで ちかてつでは いけますが、でんしゃでは いけません。

⑨かれのことを あねには はなせましたが、ちちには はなせませんでした。

⑩ふじさんに なつには のぼれますが、ふゆには のぼれません。

文型4）

①はい、たいわんでも　ゆきがふります。

②いいえ、なごやからは　ふじさんがみえません。

③はい、そのケータイでも　スカイプができます。

いいえ、そのケータイでは　スカイプができません。

④はい、ウーロンちゃにも　さとうをいれます。

いいえ、ウーロンちゃには　さとうをいれません。

⑤はい、がいこくじんも　ほけんにかにゅうできます。

いいえ、がいこくじんは　ほけんにかにゅうできません。

文型5）

①れいとうぎじゅつが はったつしたので、いちねんじゅう なつのくだものが
たべられるようになりました。

②いっしょうけんめいれんしゅうしたので、しあいにでられるようになりました。

③せつやくせいかつしているので、ちょきんできるようになりました。

④たばこをやめたので、ごはんがおいしくかんじられるようになりました。

⑤にほんごをべんきょうしたので、NHKのニュースがききとれるように なりました。

⑥EMSがあるので、ふつかいないにとどけられるようになりました。

⑦げんきになってたいいんしたので、たくさんたべられるようになりました。

⑧しごとがいそがしくなったので、さいきんこいびととあえなくなりました。

⑨にんしんしたので、りょこうにさんかできなくなりました。

⑩ちあんがわるくなったので、こどもがそとであそべなくなりました。

文型6）

①できるだけ エレベーターに のらないようにしています。

②できるだけ やさいを たべるようにしています。

③できるだけ ブランドひんを かわないようにしています。

④できるだけ じゅぎょうに けっせきしないようにしています。

⑤できるだけ かいぎに おくれないようにしています。

文型（ぶんけい）7）

①でんわばんごうを わすれないように、メモしました。

②おきゃくさんのなまえを まちがえないように、きをつけます。

③くるまに きずをつけないように、あんぜんうんてんします。

④かぎを なくさないように、キーホルダーを よういします。

⑤さいふを おとさないように、かばんのポケットに いれます。

⑥ちこくしないように、はやいじかんに でかけます。

⑦ふとらないように、まいにちジョギングします。

⑧こどもが さわらないように、くすりを ロッカーに しまいます。

⑨いいスピーチが できるように、まいにち れんしゅうしています。

⑩かいぎのじかんに まにあうように、あさいちばんのでんしゃに のります。

文型（ぶんけい）8）

①にほんぶんかを しるために、にほんへりゅうがくに いきます。

②ドラマを みるために、はやくうちへ かえります。

③だいがくに はいるために、いっしょうけんめい べんきょうしています。

④にほんで せいかつするために、まいにちにほんごを べんきょうしています。

⑤いしゃに なるために、いがくぶを じゅけんします。

Unit 10 読(よ)めばわかる

一 動詞(どうし)の条件形(じょうけんけい)・命令形(めいれいけい)・禁止形(きんしけい)の作(つく)り方(かた)

	辞書形(じしょけい)	条件形(じょうけんけい)	命令形(めいれいけい)	禁止形(きんしけい)
I	言(い)う	言(い)えば	言(い)え	言(い)うな
	聞(き)く			
	急(いそ)ぐ			
	押(お)す			
	待(ま)つ			
	遊(あそ)ぶ			
	読(よ)む			
	なる			
II	食(た)べる	食(た)べれば	食(た)べろ	食(た)べるな
	起(お)きる			
III	する	すれば	しろ	するな
	来(く)る	くれば	こい	くるな

☆平成知恵袋(へいせいちえぶくろ)☆

い形容詞(けいようし)・な形容詞(けいようし)・名詞(めいし)の条件形(じょうけんけい)

高(たか)い	高(たか)ければ
綺麗(きれい)	綺麗(きれい)なら（ば）
雨(あめ)	雨(あめ)なら（ば）

二 文型(ぶんけい)

文型(ぶんけい)1）条件形(じょうけんけい)（動詞(どうし)）

例(れい)）説明書(せつめいしょ)を 読(よ)む・使(つか)い方(かた)が わかる

…説明書(せつめいしょ)を 読(よ)めば、使(つか)い方(かた)が わかります。

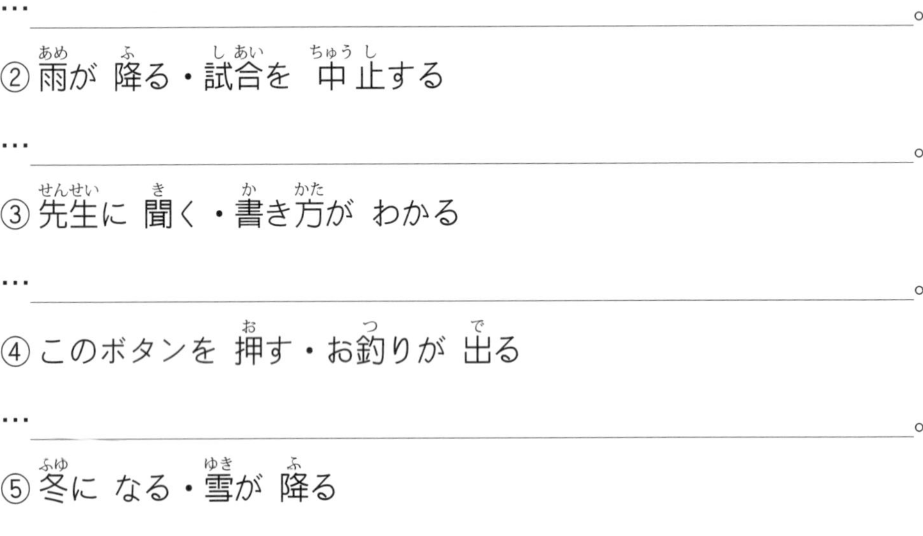

① 急(いそ)ぐ・会議(かいぎ)に 間(ま)に合(あ)う

…＿＿＿＿＿＿＿＿＿＿＿＿＿＿＿＿＿＿＿＿。

② 雨(あめ)が 降(ふ)る・試合(しあい)を 中止(ちゅうし)する

…＿＿＿＿＿＿＿＿＿＿＿＿＿＿＿＿＿＿＿＿。

③ 先生(せんせい)に 聞(き)く・書(か)き方(かた)が わかる

…＿＿＿＿＿＿＿＿＿＿＿＿＿＿＿＿＿＿＿＿。

④ このボタンを 押(お)す・お釣(つ)りが 出(で)る

…＿＿＿＿＿＿＿＿＿＿＿＿＿＿＿＿＿＿＿＿。

⑤ 冬(ふゆ)に なる・雪(ゆき)が 降(ふ)る

…＿＿＿＿＿＿＿＿＿＿＿＿＿＿＿＿＿＿＿＿。

文型(ぶんけい)2）条件形(じょうけんけい)（い形容詞(けいようし)・動詞(どうし)ない形(けい)）

例(れい)1）寒(さむ)い・ストーブ[1]をつける

…寒(さむ)ければ、ストーブをつけます。

例(れい)2）寒(さむ)くない・ストーブをつけない

…寒(さむ)くなければ、ストーブをつけません。

[1] ストーブ（stove）暖爐、火爐。

例3）8時に起きない・学校に間に合わない

…8時に起きなければ、学校に間に合いません。

① 忙しい・また後日[2]に する

…＿＿＿＿＿＿＿＿＿＿＿＿＿＿＿＿＿＿＿＿。

② 安い・買いたい

…＿＿＿＿＿＿＿＿＿＿＿＿＿＿＿＿＿＿＿＿。

③ 都合が いい・日曜日ハイキングに 行かない？

…＿＿＿＿＿＿＿＿＿＿＿＿＿＿＿＿＿＿＿＿。

④ メガネが ない・小さい字が 読めない

…＿＿＿＿＿＿＿＿＿＿＿＿＿＿＿＿＿＿＿＿。

⑤ 仕事が 忙しくない・お弁当を 作る

…＿＿＿＿＿＿＿＿＿＿＿＿＿＿＿＿＿＿＿＿。

⑥ わからない・先生に 聞く

…＿＿＿＿＿＿＿＿＿＿＿＿＿＿＿＿＿＿＿＿。

⑦ 英語が 話せない・アメリカでの生活は 困る

…＿＿＿＿＿＿＿＿＿＿＿＿＿＿＿＿＿＿＿＿。

⑧ 薬を飲まない・元気に なれない

…＿＿＿＿＿＿＿＿＿＿＿＿＿＿＿＿＿＿＿＿。

⑨ 田中さんが 来ない・会議が できない

…＿＿＿＿＿＿＿＿＿＿＿＿＿＿＿＿＿＿＿＿。

---

2 後日　改天、日後。

⑩ 休日（きゅうじつ）じゃない・買（か）い物（もの）に行（い）く時間（じかん）が ない

…＿＿＿＿＿＿＿＿＿＿＿＿＿＿＿＿＿＿＿＿。

文型（ぶんけい）3）条件形（じょうけんけい）（な形容詞（けいようし）・名詞（めいし））

例（れい））静（しず）か・このアパートを借（か）りる

…静（しず）かなら（ば）、このアパートを借（か）ります。

① 有名（ゆうめい）・値段（ねだん）が 高（たか）くなる

…＿＿＿＿＿＿＿＿＿＿＿＿＿＿＿＿＿＿＿＿。

② 学生（がくせい）・きちんと[3]勉強（べんきょう）してください

…＿＿＿＿＿＿＿＿＿＿＿＿＿＿＿＿＿＿＿＿。

③ 暇（ひま）・キャンプ[4]に 行（い）かない？

…＿＿＿＿＿＿＿＿＿＿＿＿＿＿＿＿＿＿＿＿。

④ いい天気（てんき）・ゴルフを する

…＿＿＿＿＿＿＿＿＿＿＿＿＿＿＿＿＿＿＿＿。

⑤ 交通（こうつう）が 便利（べんり）・旅行（りょこう）に 行（い）きたい

…＿＿＿＿＿＿＿＿＿＿＿＿＿＿＿＿＿＿＿＿。

文型（ぶんけい）4）条件付（じょうけんつ）き仮説（かせつ）（なら）

例（れい））温泉（おんせん）・箱根（はこね）がいい

…温泉（おんせん）なら、箱根（はこね）がいいです。

---

3 きちんと　好好地。

4 キャンプ　露營。

① 台北(たいぺい)へ行(い)く・新幹線(しんかんせん)が一番速(いちばんはや)い

…＿＿＿＿＿＿＿＿＿＿＿＿＿＿＿＿＿＿＿＿。

② アパートを借(か)りる・駅(えき)から近(ちか)いほうがいい

…＿＿＿＿＿＿＿＿＿＿＿＿＿＿＿＿＿＿＿＿。

③ 日本語(にほんご)を 勉強(べんきょう)する・平成日本語(へいせいにほんご)センターがいい

…＿＿＿＿＿＿＿＿＿＿＿＿＿＿＿＿＿＿＿＿。

④ 結婚式(けっこんしき)に参加(さんか)する・ドレスを着(き)たほうがいい

…＿＿＿＿＿＿＿＿＿＿＿＿＿＿＿＿＿＿＿＿。

⑤ 花見(はなみ)をする・上野公園(うえのこうえん)がいい

…＿＿＿＿＿＿＿＿＿＿＿＿＿＿＿＿＿＿＿＿。

文型(ぶんけい)5）比例(ひれい)

例(れい)1）日本語(にほんご)を 勉強(べんきょう)する・おもしろくなる

…日本語(にほんご)を 勉強(べんきょう)すれば勉強(べんきょう)するほど、おもしろくなります。

例(れい)2）天気(てんき)が 暑(あつ)い・アイスクリームの売(う)り上(あ)げが よくなる

…天気(てんき)が 暑(あつ)ければ暑(あつ)いほど、アイスクリームの売(う)り上げが よくなります。

例(れい)3）部屋(へや)が 綺麗(きれい)・居心地(いごこち)が 良(い)い

…部屋(へや)が 綺麗(きれい)なら（ば）綺麗(きれい)なほど、居心地(いごこち)が 良(い)いです。

① 機能(きのう)が 多(おお)い・操作(そうさ)が 複雑(ふくざつ)になる

…＿＿＿＿＿＿＿＿＿＿＿＿＿＿＿＿＿＿＿＿。

②年を 取る・物忘れを する

…________________________________。

③高雄に 住む・高雄が 好きになる

…________________________________。

④給料が 多い・嬉しい

…________________________________。

⑤車は 操作が 簡単・女性に 人気がある

…________________________________。

⑥魚は 新しい・おいしい

…________________________________。

⑦景気が 悪い・失業人口が 増える

…________________________________。

⑧荷物が 少ない・引越しの 料金が 安い

…________________________________。

⑨英語が 上手・海外生活に いい

…________________________________。

⑩カロリーが 低い・いい

…________________________________。

文型6）標示

例）「止まれ」・車を 一時停止します

…「止まれ」は車を 一時停止しなければならないという意味です。

① 「頭上注意」・上に 注意します

…＿＿＿＿＿＿＿＿＿＿＿＿＿＿＿＿＿＿＿＿。

② 「整理整頓」・綺麗に 片付けます

…＿＿＿＿＿＿＿＿＿＿＿＿＿＿＿＿＿＿＿＿。

③ 「足元注意」・歩くときに 注意します

…＿＿＿＿＿＿＿＿＿＿＿＿＿＿＿＿＿＿＿＿。

④ 「火気厳禁」・火を 使ってはいけません

…＿＿＿＿＿＿＿＿＿＿＿＿＿＿＿＿＿＿＿＿。

⑤ 「面会謝絶」・人と会うことが できません

…＿＿＿＿＿＿＿＿＿＿＿＿＿＿＿＿＿＿＿＿。

文型7）命令形と命令

例1）（地震）危ない・逃げる　…危ない！逃げろ。

例2）勉強する　…勉強しなさい。

① （生産ライン）速く・急ぐ

…＿＿＿＿＿＿＿＿＿＿＿＿＿＿＿＿＿＿＿＿。

② （運転中）交通規則を 守る

…＿＿＿＿＿＿＿＿＿＿＿＿＿＿＿＿＿＿＿＿。

③ （マラソン大会で）もう少し・頑張る

…＿＿＿＿＿＿＿＿＿＿＿＿＿＿＿＿＿＿＿＿。

④ （強盗）お金を 出す

…＿＿＿＿＿＿＿＿＿＿＿＿＿＿＿＿＿＿＿＿。

⑤（警察(けいさつ)）座(すわ)る

…＿＿＿＿＿＿＿＿＿＿＿＿＿＿＿＿＿＿＿＿＿＿＿＿。

⑥（試験中(しけんちゅう)）静(しず)かに する

…＿＿＿＿＿＿＿＿＿＿＿＿＿＿＿＿＿＿＿＿＿＿＿＿。

⑦（食事中(しょくじちゅう)）人参(にんじん)を 食(た)べる

…＿＿＿＿＿＿＿＿＿＿＿＿＿＿＿＿＿＿＿＿＿＿＿＿。

⑧（工事中(こうじちゅう)）車(くるま)を 止(と)める

…＿＿＿＿＿＿＿＿＿＿＿＿＿＿＿＿＿＿＿＿＿＿＿＿。

⑨（工事現場(こうじげんば)）安全靴(あんぜんぐつ)を履(は)く

…＿＿＿＿＿＿＿＿＿＿＿＿＿＿＿＿＿＿＿＿＿＿＿＿。

⑩（工場内(こうじょうない)）火(ひ)を消(け)す

…＿＿＿＿＿＿＿＿＿＿＿＿＿＿＿＿＿＿＿＿＿＿＿＿。

文型(ぶんけい)8）禁止(きんし)

例(れい)）「立(た)ち入(い)り禁止(きんし)」は どういう意味(いみ)ですか？

…「立(た)ち入(い)り禁止(きんし)」は 入(はい)るな という意味(いみ)です。

①「使用禁止(しようきんし)」はどういう意味(いみ)ですか？

…＿＿＿＿＿＿＿＿＿＿＿＿＿＿＿＿＿＿＿＿＿＿＿＿。

②「禁煙(きんえん)」はどういう意味(いみ)ですか？

…＿＿＿＿＿＿＿＿＿＿＿＿＿＿＿＿＿＿＿＿＿＿＿＿。

③「土足禁止(どそくきんし)」はどういう意味(いみ)ですか？

…＿＿＿＿＿＿＿＿＿＿＿＿＿＿＿＿＿＿＿＿＿＿＿＿。

④「撮影禁止(さつえいきんし)」はどういう意味(いみ)ですか

…＿＿＿＿＿＿＿＿＿＿＿＿＿＿＿＿＿＿＿＿＿＿＿＿＿＿＿＿。

⑤「ゴミ捨(す)て厳禁(げんきん)」はどういう意味(いみ)ですか？

…＿＿＿＿＿＿＿＿＿＿＿＿＿＿＿＿＿＿＿＿＿＿＿＿＿＿＿＿。

三 応用会話

10-1

場面：待ち合わせ

伊藤：どうしたんですか。遅かったですね。遅刻厳禁ですよ。

陳　：すみません。反対方向へ 行く電車に 乗ってしまったんです。

すぐ次の駅で 降りましたが、特急電車を 待っていて…。

伊藤：そうだったんですか。

陳　：本当に 申し訳ございません。

伊藤：約束の時間まであと5分あります。走れば、間に合います。

場面：出版社で

陳　：「無断転載禁止」……これは何と読みますか。

伊藤：「むだんてんさいきんし」と読みます。

陳　：どういう意味ですか。

伊藤：著作者の許可を得なければ、どこにも載せられないという意味です。

四 総合練習

練習 1)（　　）の中から最も適当なことばを選んでください。

① この漢字は（a.何と　b.どんな　c.どういう）読むんですか。

② 電車に 遅れる。（a.急ぐな　b.急ぎ　c.急げ）。

③ 頑張れ！（a.あと　b.あとで）100メートルだ。

④（a.もう　b.まだ）時間が ない。急ごう。

⑤ ここで（a.話さな　b.話すな）！

⑥「使用中」は（a.使え　b.使っている）という意味です。

⑦ 時間が ないから、早く（a.食べろ　b.食べろう）！

⑧「使用禁止」は（a.使え　b.使うな）という意味です。

⑨ この店の 料理は（a.はっきり　b.ずいぶん）高いですね。

⑩ この店の品物は（a.何も　b.何でも）100円です。

練習 2)（　　）の中から最も適当なことばを選んでください。

① 雨が（a.やめば　b.やむと）、出発します。

② 向こうに（a.着けば　b.着いたら）、すぐ 電話してください。

③ 質問が（a.なければ　b.ないと）、これで 終わります。

④ 困ったことが（a.あれば　b.あると）、いつでも 相談に 来てください。

⑤ 使い方が（a.わからなければ　b.わからないと）説明書を 読んでください。

⑥ 道が（a.込んでいれば　b.込んでいると）、地下鉄で 行きましょう。

⑦ あした 配達（a.できなければ　b.できないと）、あさって お願いします。

⑧（a.暑ければ　b.暑いと）、窓を 開けてください。

⑨ 写真が（a.できれば　b.できたら）、わたしにも 見せてください。

⑩ 野菜は（a.新しいければ　b.新しければ）新しいほど おいしいです。

⑪ 時間が（a.あれば　b.あると）行きたいです。

⑫（a.日本料理なら　b.日本料理と）てんぷらが すきです。

⑬ 日本は 便利ですが、物価が 安ければ（a.もう　b.もっと）いいと思います。

⑭ 車は 操作が 簡単なら（a.簡単な　b.簡単だ）ほどいいです。

⑮ 電池を（a.換えれば　b.換えなければ）使えます。

練習3）正しい答えを選んでください。**（複数回答可能）**

① 駅に＿＿＿＿、会社に 電話してください。

（つくと、ついたら、つけば）

② このつまみを 左へ＿＿＿＿、音が 小さくなります。

（回すと、回したら、回せば）

③ 気分が＿＿＿＿、家へ 帰ってもいいですよ。

（悪いと、悪かったら、悪ければ）

④ 狭くても、きれいなアパート＿＿＿＿、住みたいです。

（だと、だったら、なら）

⑤ その本を＿＿＿＿＿、私に貸していただけませんか。

（読むと、読んだら、読めば）

⑥ 3時に＿＿＿＿＿、コーヒーでも飲みましょう。

（なると、なったら、なれば）

⑦ 大学はその橋を＿＿＿＿＿、左に ありります。

（渡ると、渡ったら、渡れば）

⑧ 日本では 3月に＿＿＿＿＿、桜が 咲きます。

（なると、なったら、なれば）

⑨ パソコンを＿＿＿＿＿、IBMが いいです。

（買うと、買ったら、買えば、買うなら）

⑩ ゆっくり＿＿＿＿＿、元気に なりますよ。

（休むと、休んだら、休めば）

⑪ 肉と野菜を＿＿＿＿＿、鍋で 10分 煮てください。

（切ると、切ったら、切れば）

⑫ 日本へ＿＿＿＿＿、東京ディズニーランドへ 行きたいです。

（行くと、行ったら、行けば）

⑬ ＿＿＿＿＿、エアコンを 消してもいいですよ。

（寒いと、寒かったら、寒ければ）

⑭ 今晩 時間が＿＿＿＿＿、いっしょに 晩ご飯を 食べに 行きませんか。

（あると、あったら、あれば）

⑮ このまんがは、＿a＿ ＿b＿ ほど おもしろくなります。

a（読む、読むと、読んだら、読めば）

b（読む、読むと、読んだら、読めば）

⑯ いっしょに＿＿＿＿＿、行かなくてもいいですよ。

（行きたくないと、行きたくなかったら、行きたくなければ）

⑰ 日本料理＿＿＿＿＿、いいレストランを 知っていますが 、イタリア料理はちょっと わかりません。

（だと、だったら、なら）

⑱ あした7時の飛行機に＿＿＿＿＿、早く寝たほうがいいですよ。

（乗ると、乗ったら、乗れば、乗るなら）

⑲ 外国へ＿＿＿＿＿、パスポートが 必要です。

（行くと、行ったら、行けば、行くなら）

⑳ 電車は 朝＿a＿＿b＿ほど すいています。

a（早い、早いと、早かったら、早ければ）

b（早い、早いと、早かったら、早ければ）

☆平成知恵袋☆

～と 必然結果（○） 意志・感情（×）	～たら 一回限りの仮定（○） 順番性がある（○）	～ば 一般的な仮定（○） 後件が過去（×）
(1)いつも・必ず ・春になると、暖かくなる。 ・右へ曲がると、学校がある。 ・お金を入れると、きっぷがでる。 ・説明書を読むと、わかる。	 （○） （○） （○） （○）	 （○） （○） （○） （○）
（×）後件に話し手の**意志・感情**を表すことができない。 ・台北へ行くなら、電車に乗るといいですよ。（提案）	**(2)**もし（確認条件） ・意見があったら、言ってください。 ・安かったら、買おう。 ・京都へ行ったら、お土産を買おう。 ・台北へ行くなら、電車に乗ったらいいよ。（アドバイス）	（○） （○） （×）主語が同じで、前件が**動作動詞**の時、後件で、意志・感情を表すことができない。 ・台北へ行くなら、電車に乗ればいいよ。（指示）
（○）外を見ると雨が降っていました。 （×）	**(3)発見** ・外を見たら、雨が降っていました。 ・きのう図書館へ行ったら、陳さんに会った。	（×） （×）
（×） （×）	（×） （×）	**(4)**比例（～ば…ほど） ・野菜は食べれば食べるほど体にいい。 ・操作は簡単なら簡単なほどいい。
（×）	（×）	**(5)**条件つきの仮定 ・日本語を勉強するなら、平成センターがいいよ。

アクセントの確認（かくにん）

10-2

文型（ぶんけい）1）

① いそげば、かいぎに まにあいます。

② あめが ふれば、しあいを ちゅうしします。

③ せんせいに きけば、かきかたが わかります。

④ このボタンを おせば、おつりが でます。

⑤ ふゆに なれば、ゆきが ふります。

文型（ぶんけい）2）

① いそがしければ、またごじつに します。

② やすければ、かいたいです。

③ つごうが よければ、にちようび ハイキングに いきませんか？

④ メガネが なければ、ちいさいじが よめません。

⑤ しごとが いそがしくなければ、おべんとうを つくります。

⑥ わからなければ、せんせいに ききます。

⑦ えいごが はなせなければ、アメリカでのせいかつは こまります。

⑧ くすりを のまなければ、げんきに なれません。

⑨ たなかさんが こなければ、かいぎが できません。

⑩ きゅうじつじゃなければ、かいものに いくじかんが ありません。

文型(ぶんけい)3)

①ゆうめいなら（ば）、ねだんが たかくなります。

②がくせいなら（ば）、きちんと べんきょうしてください。

③ひまなら（ば）、キャンプに いきませんか？

④いいてんきなら（ば）、ゴルフをします。

⑤こうつうが べんりなら（ば）、りょこうに いきたいです。

文型(ぶんけい)4)

①たいぺいへ いくなら、しんかんせんが いちばん はやいです。

②アパートを かりるなら、えきから ちかいほうが いいです。

③にほんごを べんきょうするなら、へいせいにほんごセンターが いいです。

④けっこんしきに さんかするなら、ドレスを きたほうが いいです。

⑤はなみをするなら、うえのこうえんが いいです。

文型(ぶんけい)5)

①きのうが おおければ おおいほど、そうさが ふくざつに なります。

②としを とればとるほど、ものわすれを します。

③たかおに すめばすむほど、たかおが すきに なります。

④きゅうりょうが おおければ おおいほど、うれしいです。

⑤くるまは そうさが かんたんなら かんたんなほど、じょせいに にんきが あります。

⑥さかなは あたらしければ あたらしいほど、おいしいです。

⑦けいきが わるければ わるいほど、しつぎょうじんこうが ふえます。

⑧にもつが すくなければ すくないほど、ひっこしのりょうきんが やすいです。

⑨えいごが じょうずなら じょうずなほど、かいがいせいかつに いいです。

⑩カロリーは ひくければ ひくいほど、いいです。

文型（ぶんけい）6）

①ずじょうちゅういは うえに ちゅういしなければならないと いういみです。

②せいりせいとんは きれいに かたづけなければならないと いういみです。

③あしもとちゅういは あるくときに ちゅういしなければならないと いういみです。

④かきげんきんは ひを つかってはいけないと いういみです。

⑤めんかいしゃぜつは ひととあうことが できないと いういみです。

文型（ぶんけい）7）

①はやく！いそげ！（いそぎなさい）

②こうつうきそくを まもれ！（まもりなさい）

③もうすこしだ！がんばれ！（がんばりなさい）

④おかねを だせ！（だしなさい）

⑤すわれ！（すわりなさい）

⑥しずかにしろ。（しなさい）

⑦にんじんをたべろ。（たべなさい）

⑧くるまをとめろ。（とめなさい）

⑨ あんぜんぐつをはけ。（はきなさい）

⑩ ひをけせ。（けしなさい）

文型8）

① しようきんしは　どういういみですか。

…つかうなと　いういみです。

② きんえんは　どういういみですか。

…たばこを　すうなと　いういみです。

③ どそくきんしは　どういういみですか。

…くつをはいてはいるなと　いういみです。

④ さつえいきんしは　どういういみですか。

…しゃしんを　とるなと　いういみです。

⑤ ゴミすてげんきんは　どういういみですか。

…ごみを　すてるなと　いういみです。

Unit 11 留学(りゅうがく)に行(い)こうと考(かんが)えています。

一 意向形(いこうけい)の作(つく)り方(かた)

Iグループ		IIグループ	
買(か)う	買(か)おう	受(う)ける	受(う)けよう
習(なら)う		続(つづ)ける	
働(はたら)く		建(た)てる	
住(す)む		浴(あ)びる	
帰(かえ)る		IIIグループ	
登(のぼ)る		する	
作(つく)る		来(く)る	
行(い)く		勉強(べんきょう)する	

☆平成知恵袋(へいせいちえぶくろ)☆

Ⅰグループ

ない形(けい)	ます形(けい)	て形(けい)	辞書形(じしょけい)	可能(かのう)・条件(じょうけん)・命令形(めいれいけい)	意向形(いこうけい)
買(か)わない	買(か)います	買(か)って	買(か)う	買(か)える・買(か)えば・買(か)え	買(か)おう
書(か)かない	書(か)きます	書(か)いて	書(か)く	書(か)ける・書(か)けば・書(か)け	書(か)こう
急(いそ)がない	急(いそ)ぎます	急(いそ)いで	急(いそ)ぐ	急(いそ)げる・急(いそ)げば・急(いそ)げ	急(いそ)ごう
話(はな)さない	話(はな)します	話(はな)して	話(はな)す	話(はな)せる・話(はな)せば・話(はな)せ	話(はな)そ
立(た)たない	立(た)ちます	立(た)って	立(た)つ	立(た)てる・立(た)てば・立(た)て	立(た)とう
死(し)なない	死(し)にます	死(し)んで	死(し)ぬ	死(し)ねる・死(し)ねば・死(し)ね	死(し)のう
呼(よ)ばない	呼(よ)びます	呼(よ)んで	呼(よ)ぶ	呼(よ)べる・呼(よ)べば・呼(よ)べ	呼(よ)ぼう
読(よ)まない	読(よ)みます	読(よ)んで	読(よ)む	読(よ)める・読(よ)めば・読(よ)め	読(よ)もう
帰(かえ)らない	帰(かえ)ります	帰(かえ)って	帰(かえ)る	帰(かえ)れる・帰(かえ)れば・帰(かえ)れ	帰(かえ)ろう

Ⅱグループ・Ⅲグループ

ない形(けい)	ます形(けい)	て形(けい)	辞書形(じしょけい)	可能(かのう)・条件(じょうけん)・命令形(めいれいけい)	意向形(いこうけい)
食(た)べない	食(た)べます	食(た)べて	食(た)べる	食(た)べられる・食(た)べれば・食(た)べろ	食(た)べよう
しない	します	して	する	できる・すれば・しろ	しよう
来(こ)ない	来(き)ます	来(き)て	来(く)る	来(こ)られる・来(こ)れば・来(こ)い	来(こ)よう

二　文型（ぶんけい）

文型1）誘う・提案・独り言

例1）少し休みましょう　…少し 休もう。

例2）一緒に 行きましょうか　…一緒に 行こうか。

例3）今日 早く寝ましょう　…今日 早く寝よう。

①もう 少しでゴール[1]です・最後まで 続けましょう

…＿＿＿＿＿＿＿＿＿＿＿＿＿＿＿＿＿＿＿＿＿。

②もう無理です・諦めましょう

…＿＿＿＿＿＿＿＿＿＿＿＿＿＿＿＿＿＿＿＿＿。

③もう 遅いです・帰りましょうか

…＿＿＿＿＿＿＿＿＿＿＿＿＿＿＿＿＿＿＿＿＿。

④明日朝早く出かけます・今晩 早く寝ましょう

…＿＿＿＿＿＿＿＿＿＿＿＿＿＿＿＿＿＿＿＿＿。

⑤ダイエットしたいです・明日から 夜食を やめましょう

…＿＿＿＿＿＿＿＿＿＿＿＿＿＿＿＿＿＿＿＿＿。

文型2）意志

例）来年 日本へ 留学に行きます

…来年 日本へ 留学に行こうと思っています。

1　ゴール　（goal）終點、目的地、決勝點。

① クリスマス・一度 帰国します

…＿＿＿＿＿＿＿＿＿＿＿＿＿＿＿＿＿＿＿＿＿＿＿＿＿＿。

② 来年の6月ごろ・結婚します

…＿＿＿＿＿＿＿＿＿＿＿＿＿＿＿＿＿＿＿＿＿＿＿＿＿＿。

③ 将来 医者になります

…＿＿＿＿＿＿＿＿＿＿＿＿＿＿＿＿＿＿＿＿＿＿＿＿＿＿。

④ 来年 仕事を辞めます

…＿＿＿＿＿＿＿＿＿＿＿＿＿＿＿＿＿＿＿＿＿＿＿＿＿＿。

⑤ 12月の日本語能力試験を 受けます

…＿＿＿＿＿＿＿＿＿＿＿＿＿＿＿＿＿＿＿＿＿＿＿＿＿＿。

文型3）強い意志

例）来月 日本へ 留学に行きます

…来月 日本へ 留学に行くつもりです。

① あの新しいマンション・買います

…＿＿＿＿＿＿＿＿＿＿＿＿＿＿＿＿＿＿＿＿＿＿＿＿＿＿。

② 結婚した後で・ 両親と一緒に住みます

…＿＿＿＿＿＿＿＿＿＿＿＿＿＿＿＿＿＿＿＿＿＿＿＿＿＿。

③ これからも 日本語を 勉強し続けます

…＿＿＿＿＿＿＿＿＿＿＿＿＿＿＿＿＿＿＿＿＿＿＿＿＿＿。

④ 今月いっぱいで仕事を やめます

…＿＿＿＿＿＿＿＿＿＿＿＿＿＿＿＿＿＿＿＿＿＿＿＿＿＿。

⑤ 来月（らいげつ） 大阪（おおさか）へ引越（ひっこ）しします

…＿＿＿＿＿＿＿＿＿＿＿＿＿＿＿＿＿＿＿＿＿＿＿＿。

文型（ぶんけい）4）推量（すいりょう）（可能性（かのうせい）が高（たか）い）

例（れい））あしたも晴（は）れます　…あしたも 晴（は）れるでしょう。（↓）

① これから 物価（ぶっか）が上（あ）がります

…＿＿＿＿＿＿＿＿＿＿＿＿＿＿＿＿＿＿＿＿＿＿＿＿。

② 下半期（しもはんき）[2]の貿易量（ぼうえきりょう）が 減（へ）ります

…＿＿＿＿＿＿＿＿＿＿＿＿＿＿＿＿＿＿＿＿＿＿＿＿。

③ 来年（らいねん）景気（けいき）が よくなります

…＿＿＿＿＿＿＿＿＿＿＿＿＿＿＿＿＿＿＿＿＿＿＿＿。

④ 日曜日（にちようび）のサッカーの試合（しあい）では、日本（にほん）チームが 勝（か）ちます

…＿＿＿＿＿＿＿＿＿＿＿＿＿＿＿＿＿＿＿＿＿＿＿＿。

⑤ この問題（もんだい）は テストに 出（で）ます

…＿＿＿＿＿＿＿＿＿＿＿＿＿＿＿＿＿＿＿＿＿＿＿＿。

⑥ 陳（ちん）さんは あしたのパーティーに来（き）ません

…＿＿＿＿＿＿＿＿＿＿＿＿＿＿＿＿＿＿＿＿＿＿＿＿。

⑦ 秋（あき）の 京都（きょうと）は とても綺麗（きれい）です

…＿＿＿＿＿＿＿＿＿＿＿＿＿＿＿＿＿＿＿＿＿＿＿＿。

2 下半期（しもはんき）、上半期（かみはんき）　會計年度年分2期，1-6月爲上半期，7-12月爲下半期。

⑧ 7月(がつ)のニュージーランドは 寒(さむ)いです

…＿＿＿＿＿＿＿＿＿＿＿＿＿＿＿＿＿＿＿＿。

⑨ あの人(ひと)はスポーツ選手(せんしゅ)です

…＿＿＿＿＿＿＿＿＿＿＿＿＿＿＿＿＿＿＿＿。

⑩ このデジタルカメラは 3万円(まんえん)ぐらいです

…＿＿＿＿＿＿＿＿＿＿＿＿＿＿＿＿＿＿＿＿。

文型(ぶんけい)5）推量(すいりょう)（可能性(かのうせい)が低(ひく)い）

例(れい)）もう5時(じ)を 過(す)ぎました・田中(たなか)さんは 事務室(じむしつ)にいません。

…もう5時(じ)を 過(す)ぎましたから、田中(たなか)さんは 事務室(じむしつ)にいないかもしれません。

① 大雪(おおゆき)が 降(ふ)っています・明日(あした)の試合(しあい)は 中止(ちゅうし)になります

…＿＿＿＿＿＿＿＿＿＿＿＿＿＿＿＿＿＿＿＿。

② 猫(ねこ)が 嫌(きら)いです

…＿＿＿＿＿＿＿＿＿＿＿＿＿＿＿＿＿＿＿＿。

③ 今日(きょう) 注文(ちゅうもん)しました・あした 商品(しょうひん)が 届(とど)きます

…＿＿＿＿＿＿＿＿＿＿＿＿＿＿＿＿＿＿＿＿。

④ 連休(れんきゅう)です・遊園地(ゆうえんち)は 人(ひと)が多(おお)いです

…＿＿＿＿＿＿＿＿＿＿＿＿＿＿＿＿＿＿＿＿。

⑤ 今(いま) 道(みち)が 込(こ)んでいます・電車(でんしゃ)のほうが 速(はや)いです

…＿＿＿＿＿＿＿＿＿＿＿＿＿＿＿＿＿＿＿＿。

文型6）確信している

例）あの時計は とても高いです

…あの時計は とても高いにちがいありません。

① そこで事件が ありました

…＿＿＿＿＿＿＿＿＿＿＿＿＿＿＿＿＿＿＿＿。

② 病気です

…＿＿＿＿＿＿＿＿＿＿＿＿＿＿＿＿＿＿＿＿。

③ 行列ができる店は おいしいです

…＿＿＿＿＿＿＿＿＿＿＿＿＿＿＿＿＿＿＿＿。

④ 母親似だとすれば、彼女の娘さんは きっと綺麗な方です

…＿＿＿＿＿＿＿＿＿＿＿＿＿＿＿＿＿＿＿＿。

⑤ 彼の実力なら 合格します

…＿＿＿＿＿＿＿＿＿＿＿＿＿＿＿＿＿＿＿＿。

文型7）確認

例）疲れましたか

…疲れたでしょう。（↑）

① パスポートを 持っていますか

…＿＿＿＿＿＿＿＿＿＿＿＿＿＿＿＿＿＿＿＿。

② この店は おいしいですか

…＿＿＿＿＿＿＿＿＿＿＿＿＿＿＿＿＿＿＿＿。

③ 日本語（にほんご）の先生（せんせい）は　親切（しんせつ）ですか

…＿＿＿＿＿＿＿＿＿＿＿＿＿＿＿＿＿＿＿＿＿＿＿＿＿＿＿＿。

④ 田中（たなか）さんは　先輩（せんぱい）ですか

…＿＿＿＿＿＿＿＿＿＿＿＿＿＿＿＿＿＿＿＿＿＿＿＿＿＿＿＿。

⑤ これは　陳（ちん）さんのかばんですか

…＿＿＿＿＿＿＿＿＿＿＿＿＿＿＿＿＿＿＿＿＿＿＿＿＿＿＿＿。

三 応用会話

11-1

場面：休憩室で

陳　：いつ 国へ帰るつもりですか。

山田：来月 いっぱいで帰ろうと思っています。

陳　：送別会を したいんですが、山田さんのご都合は いかがですか。

山田：来週の水曜日なら 大丈夫でしょう。

陳　：どんな料理が 好きですか。「四季」なら、いろいろな国の料理がありますよ。

山田：「四季」は いいかもしれませんね。

陳　：じゃ、「四季」に 予約を入れておきます。

陳　：どうですか。こちらの料理は おいしいでしょう？

山田：そうですね。種類も多いし、味もおいしいし、できれば全部の料理を 一度べてみたいです。

陳　：これも 食べてみてください。山田さんの口に合うと思います。

山田：はい、いただきます。

四 総合練習

練習1）聞き取り

キーワード

晴れ	曇り	雨	雪	晴れのち曇り

① 明日の天気はどうでしょうか。

1）北海道地方（　　　　　　　　　　　　　　）

2）東北地方（　　　　　　　のち→　　　　　）

3）関東地方（午前　　　　　　午後　　　　　）

4）中部地方（　　　　　　　　　　　　　　）

5）近畿地方（　　　　　　　　　　　　　　）

6）中国地方（　　　　　　　　　　　　　　）

7）四国地方（　　　　　　　のち→　　　　　）

8）九州地方（　　　　　　　　　　　　　　）

9）沖縄地方（　　　　　　　　　　　　　　）

② 明日の日本全国の気温は？

1）札幌	（　　）度	5）広島	（　　）度
2）仙台	（　　）度	6）高知	（　　）度
3）東京	（　　）度	7）鹿児島	（　　）度
4）京都	（　　）度	8）沖縄	（　　）度

練習 2）（　　）の中から最も適当なことばを選んでください。

① A：体の 調子が おかしいです。熱が39℃もあります。

B：（a.インフルエンザ　b.インフルエンザだ）かも しれませんね。

② 昨日の晩、隣りの部屋の音楽が（a.うるさかったです　b.にぎやかでした）。

③ A：最近 時々 頭が 痛くなるんです。

B：（a.あれは　b.それは）いけませんね。

④ エンジンの音が おかしいです。（a.もし　b.もしかしたら）故障かもしれません。

⑤ わたしは あしたも 学校に（a.来ます　b.来るでしょう）。

⑥ あしたは（a.いい天気　b.いい天気だ）でしょう。

⑦ 毎日（a.運動した　b.運動の）ほうが いいです。

⑧ あした（a.たぶん　b.きっと）晴れるでしょう。

⑨（a.もし　b.もしかしたら）1億円が あったら、新しいベンツを 買いたいです。

⑩ 今日、林さんは（a.もし　b.もしかしたら）来ないかも しれません。

アクセントの確認（かくにん）

11-2

文型（ぶんけい）1）

① もうすこしでゴールだから、さいごまでつづけよう。

② もうむりだから、あきらめよう。

③ もうおそいから、かえろう。

④ あしたあさ　はやくでかけるから、こんばん　はやくねよう。

⑤ ダイエットしたいから、あしたから　やしょくを　やめよう。

文型（ぶんけい）2）

① クリスマスに　いちど　きこくしようと　おもっています。

② らいねんのろくがつごろに、けっこんしようと　おもっています。

③ しょうらい　いしゃに　なろうと　おもっています。

④ らいねん　しごとを　やめようと　おもっています。

⑤ 12がつのにほんごのうりょくしけんを　うけようと　おもっています。

文型（ぶんけい）3）

① あのあたらしいマンションを　かうつもりです。

② けっこんしたあとで、りょうしんと　いっしょに　すむつもりです。

③ これからも　にほんごを　べんきょうしつづけるつもりです。

④ こんげついっぱいで　しごとをやめるつもりです。

⑤ らいげつ　おおさかへ　ひっこしするつもりです。

文型(ぶんけい)4）

①これから ぶっかが あがるでしょう。

②しもはんきの ぼうえきりょうが へるでしょう。

③らいねん けいきが よくなるでしょう。

④にちようびのサッカーのしあいでは、にほんチームが かつでしょう。

⑤このもんだいは テストに でるでしょう。

⑥ちんさんは あしたのパーティーに こないでしょう。

⑦あきのきょうとは とても きれいでしょう。

⑧7がつのニュージーランドは さむいでしょう。

⑨あのひとは スポーツせんしゅでしょう。

⑩このデジタルカメラは さんまんえんぐらいでしょう。

文型(ぶんけい)5）

①おおゆきが ふっているから、あしたのしあいは ちゅうしになるかもしれません。

②ねこがきらいかもしれません。

③きょう ちゅうもんしたから、あした しょうひんが とどくかもしれません。

④れんきゅうだから、ゆうえんちは ひとが おおいかもしれません。

⑤いま みちがこんでいるから、でんしゃのほうが はやいかもしれません。

文型（ぶんけい）6）

①そこで じけんが あったにちがいありません。

②びょうきにちがいありません。

③ぎょうれつが できるみせは おいしいにちがいありません。

④ははおやにだとすれば、かのじょのむすめさんは きっと きれいなかたにちがいありません。

⑤かれのじつりょくならごうかくするにちがいありません。

文型（ぶんけい）7）

①パスポートを もっているでしょう。

②このみせは おいしいでしょう。

③にほんごのせんせいは しんせつでしょう。

④たなかさんは せんぱいでしょう。

⑤これは ちんさんのかばんでしょう。

☆聞き取り内容☆

 11-3

あすの天気、きょうは北のほうでは雪が降りましたが、近畿地方と九州地方では晴れでいいお天気でした。

では、あすの全国の天気です。北海道地方、雪でしょう。東北地方、曇りのち雪でしょう。関東地方、午前中晴れますが、午後から雪が降るでしょう。中部地方、曇りでしょう。近畿地方、雨が降るでしょう。中国地方、晴れるでしょう。四国地方、晴れのち曇りでしょう。九州地方、晴れるでしょう。沖縄地方、雨が降るでしょう。

では、つづいてあすの日本全国の気温です。札幌マイナス1度で、仙台2度、東京5度、京都10度、広島15度、高知16度、鹿児島17度、沖縄20度。これで、きょうの天気予報を終わります。

Unit 12 誰(だれ)かに足(あし)を踏(ふ)まれました。

一 受身(うけみ)・使役(しえき)の使(つか)い方(かた)

	辞書形(じしょけい)	受身形(うけみけい)	使役形(しえきけい)
I	言(い)う	言(い)われる	言(い)わせる
	聞(き)く		
	飲(の)む		
	選(えら)ぶ		
	待(ま)つ		
	話(はな)す		
	読(よ)む		
	買(か)う		
	取(と)る		
II	食(た)べる	食(た)べられる	食(た)べさせる
	捨(す)てる		
	集(あつ)める		
	考(かんが)える		
III	する	される	させる
	来(く)る	来(こ)られる	来(こ)させる

☆平成知恵袋(へいせいちえぶくろ)☆

・弟(おとうと) は お酒(さけ)を飲(の)みました。（動作主(どうさしゅ)：弟(おとうと)）

・私(わたし)は 弟(おとうと) に お酒(さけ)を飲(の)まれました。（動作主(どうさしゅ)：弟(おとうと)／被害者(ひがいしゃ)：私(わたし)）

・私(わたし)は 弟(おとうと) に お酒(さけ)を飲(の)ませました。（動作主(どうさしゅ)：弟(おとうと)／命令者(めいれいしゃ)：私(わたし)）

・私(わたし)は 部長(ぶちょう) に お酒(さけ)を飲(の)ませられました。（飲(の)まされました）

（動作主(どうさしゅ)+被害者(ひがいしゃ)：私(わたし)／命令者(めいれいしゃ)：部長(ぶちょう)）

二 文型(ぶんけい)

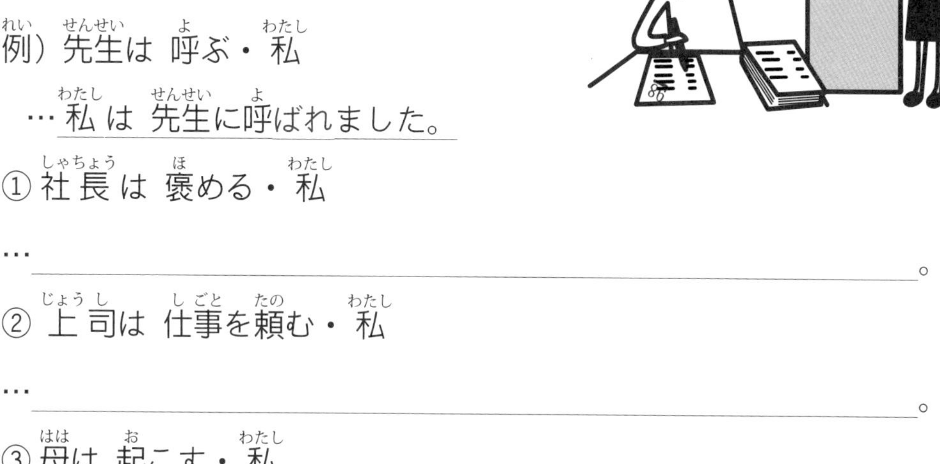

文型(ぶんけい)1）有情(うじょう)の受身(うけみ)

例(れい)）先生(せんせい)は 呼(よ)ぶ・私(わたし)

…私(わたし)は 先生(せんせい)に呼(よ)ばれました。

① 社長(しゃちょう)は 褒(ほ)める・私(わたし)

…＿＿＿＿＿＿＿＿＿＿＿＿＿＿＿＿。

② 上司(じょうし)は 仕事(しごと)を頼(たの)む・私(わたし)

…＿＿＿＿＿＿＿＿＿＿＿＿＿＿＿＿。

③ 母(はは)は 起(お)こす・私(わたし)

…＿＿＿＿＿＿＿＿＿＿＿＿＿＿＿＿。

④ 友達(ともだち)は 彼氏(かれし)を 紹介(しょうかい)する・私(わたし)

…＿＿＿＿＿＿＿＿＿＿＿＿＿＿＿＿。

⑤ 山田(やまだ)さんは 東京(とうきょう)へ連(つ)れて行(い)く・私(わたし)

…＿＿＿＿＿＿＿＿＿＿＿＿＿＿＿＿。

文型(ぶんけい)2）迷惑(めいわく)

例(れい)）私(わたし)・誰(だれ)か・足(あし)を踏(ふ)む

…私(わたし)は 誰(だれ)かに 足(あし)を踏(ふ)まれました。

① 私(わたし)・誰(だれ)か・傘(かさ)を間違(まちが)える

…＿＿＿＿＿＿＿＿＿＿＿＿＿＿＿＿。

② 私(わたし)・泥棒(どろぼう)・財布(さいふ)を取(と)る

…＿＿＿＿＿＿＿＿＿＿＿＿＿＿＿＿＿＿＿＿。

③ 私(わたし)・母(はは)・手紙(てがみ)を読(よ)む

…＿＿＿＿＿＿＿＿＿＿＿＿＿＿＿＿＿＿＿＿。

④ 私(わたし)・弟(おとうと)・時計(とけい)を壊(こわ)す

…＿＿＿＿＿＿＿＿＿＿＿＿＿＿＿＿＿＿＿＿。

⑤ 私(わたし)・友達(ともだち)・大切(たいせつ)な本(ほん)をなくす

…＿＿＿＿＿＿＿＿＿＿＿＿＿＿＿＿＿＿＿＿。

文型(ぶんけい)3）無情(むじょう)の受身(うけみ)

例）ビール・麦(むぎ)・造(つく)る

…ビールは麦(むぎ)から造(つく)られます。

① このスマートフォン・日本(にほん)・売(う)っている

…＿＿＿＿＿＿＿＿＿＿＿＿＿＿＿＿＿＿＿＿。

② 高雄(たかお)85(はちご)ビル・20年前(ねんまえ)・建(た)てた

…＿＿＿＿＿＿＿＿＿＿＿＿＿＿＿＿＿＿＿＿。

③ その展示会(てんじかい)・世界貿易(せかいぼうえき)センター・開(ひら)く

…＿＿＿＿＿＿＿＿＿＿＿＿＿＿＿＿＿＿＿＿。

④ 渡辺(わたなべ)さんの結婚式(けっこんしき)・ホテル・開催(かいさい)した

…＿＿＿＿＿＿＿＿＿＿＿＿＿＿＿＿＿＿＿＿。

⑤ この建物(たてもの)・来月(らいげつ)・壊(こわ)す

…＿＿＿＿＿＿＿＿＿＿＿＿＿＿＿＿＿＿＿＿。

☆平成知恵袋☆

【発見者・創作者】によって～

- 「西遊記」は 呉承恩によって 書かれました。
- ダイナマイト[1]は ノーベルによって 発明されました。
- X線は レントゲンによって 発見されました。

文型4）客観説明

例）英語・世界各国・話す

…英語は 世界各国で話されています。

① 日本の車・世界中に輸出する

…＿＿＿＿＿＿＿＿＿＿＿＿＿＿＿＿。

② 西遊記・日本でも読む

…＿＿＿＿＿＿＿＿＿＿＿＿＿＿＿＿。

③ ローマ字・中国でも使う

…＿＿＿＿＿＿＿＿＿＿＿＿＿＿＿＿。

④ 西遊記・いろいろな言葉に翻訳する

…＿＿＿＿＿＿＿＿＿＿＿＿＿＿＿＿。

⑤ ライスバーガー・ヨーロッパでも食べる

…＿＿＿＿＿＿＿＿＿＿＿＿＿＿＿＿。

1 ダイナマイト　（dynamite）炸藥。

文型5）「に」の使役文

例）私（命令者）・息子（動作主）・英語を勉強する

…私は息子に英語を勉強させます。

① 私（命令者）・弟（動作主）・部屋を掃除する

…＿＿＿＿＿＿＿＿＿＿＿＿＿＿＿＿＿＿＿＿。

② 私（命令者）・部下（動作主）・資料を持って来る

…＿＿＿＿＿＿＿＿＿＿＿＿＿＿＿＿＿＿＿＿。

③ 私（命令者）・妹（動作主）・晩ご飯を作る

…＿＿＿＿＿＿＿＿＿＿＿＿＿＿＿＿＿＿＿＿。

④ 私（命令者）・娘（動作主）・学校を休む

…＿＿＿＿＿＿＿＿＿＿＿＿＿＿＿＿＿＿＿＿。

⑤ 私（命令者）・学生（動作主）・本を買う

…＿＿＿＿＿＿＿＿＿＿＿＿＿＿＿＿＿＿＿＿。

文型6）「を」の使役文

例）私（命令者）・学生（動作主）・買い物に行く

…私は学生を買い物に行かせます。

① 私（命令者）・学生（動作主）・立つ

…＿＿＿＿＿＿＿＿＿＿＿＿＿＿＿＿＿＿＿＿。

② 私（命令者）・部下（動作主）・大阪へ出張する

…＿＿＿＿＿＿＿＿＿＿＿＿＿＿＿＿＿＿＿＿。

③ 私(わたし)（命令者(めいれいしゃ)）・部下(ぶか)（動作主(どうさしゅ)）・会議(かいぎ)に出席(しゅっせき)する

…＿＿＿＿＿＿＿＿＿＿＿＿＿＿＿＿＿＿＿＿。

④ 私(わたし)（命令者(めいれいしゃ)）・息子(むすこ)（動作主(どうさしゅ)）・留学(りゅうがく)する

…＿＿＿＿＿＿＿＿＿＿＿＿＿＿＿＿＿＿＿＿。

⑤ 私(わたし)（命令者(めいれいしゃ)）・子供(こども)（動作主(どうさしゅ)）・塾(じゅく)に通(かよ)う

…＿＿＿＿＿＿＿＿＿＿＿＿＿＿＿＿＿＿＿＿。

文型(ぶんけい)7）依頼文(いらいぶん)

例(れい)）私(わたし)は 休(やす)みたいです

…休(やす)ませていただけませんか。

① 私(わたし)は 今日早退(きょうそうたい)したいです

…＿＿＿＿＿＿＿＿＿＿＿＿＿＿＿＿＿＿＿＿。

② 私(わたし)は ここに車(くるま)を止(と)めたいです

…＿＿＿＿＿＿＿＿＿＿＿＿＿＿＿＿＿＿＿＿。

③ 私(わたし)は ここで写真(しゃしん)を撮(と)りたいです

…＿＿＿＿＿＿＿＿＿＿＿＿＿＿＿＿＿＿＿＿。

④ 私(わたし)は 5時(じ)に帰(かえ)りたいです

…＿＿＿＿＿＿＿＿＿＿＿＿＿＿＿＿＿＿＿＿。

⑤ 私(わたし)は 来月(らいげつ) 一時帰国(いちじきこく)したいです

…＿＿＿＿＿＿＿＿＿＿＿＿＿＿＿＿＿＿＿＿。

文型8）使役受身の作り方

例）私は お酒を飲みました・部長がさせました

…私は 部長にお酒を 飲ませられました（飲まされました）。

① 後輩が 残業しました・先輩が させました

…＿＿＿＿＿＿＿＿＿＿＿＿＿＿＿＿＿＿＿＿＿＿。

② 私は 立ちました・先生が させました

…＿＿＿＿＿＿＿＿＿＿＿＿＿＿＿＿＿＿＿＿＿＿。

③ 私は 高い化粧品を買いました・セールスマン[2]が させました

…＿＿＿＿＿＿＿＿＿＿＿＿＿＿＿＿＿＿＿＿＿＿。

④ 私は 入院しました・医者が させました

…＿＿＿＿＿＿＿＿＿＿＿＿＿＿＿＿＿＿＿＿＿＿。

⑤ 私は 石川県に転勤[3]しました・社長が させました

…＿＿＿＿＿＿＿＿＿＿＿＿＿＿＿＿＿＿＿＿＿＿。

---

2 セールスマン　（salesman）推銷員、售貨員。

3 転勤　轉職、轉調工作。

三 応用会話

12-1

場面：会社で

陳　：店頭回りの報告書を作成しました。報告させていただきます。

竹部：じゃ、さっそく 資料を 見せてください。

陳　：はい、この資料には お客様のニーズや 業界の動向などの 情報が書かれています。

竹部：そうですか。

陳　：これは お客様のクレームをまとめたものです。お客様に自由に意見を言っていただくために、各店舗でアンケート 調査を行っています。

竹部：店長 の意見も書かせましたか。

陳　：はい。販売促進の仕方も改良 されて、どういうところが 評価されているのか、わかってきました。

竹部：そうですか。お疲れ様でした。後で ゆっくり読ませてもらいます。

四 総合練習

練習1）（　　）に適当な助詞を入れてください。

①外国人（　　）道（　　）聞かれました。

②ビール（　　）麦（　　）造られます。

③私は 妹（　　）傘（　　）なくされました。

④陳さんは1年（　　）2、3回 外国へ 旅行（　　）行きます。

⑤昔 日本では 建物や橋を 木（　　）造っていました。

⑥日本語を 英語（　　）翻訳します。

⑦この小説は 台湾の小説家（　　　）書かれました。

⑧「トトロ」は みんな（　　）愛されています。

⑨陳さんの誕生日のパーティー（　　）招待されました。

⑩この絵はピカソ（　　　）描かれました。

練習2）＿★＿に 入るものはどれですか。1・2・3・4から一番いいものを一つ選んでください。

①父は 弟 に＿＿ ＿＿ ＿★＿ ＿＿。

1を　　2ました　　3洗わせ　　4車

②私は 子供を＿＿ ＿＿ ＿★＿ ＿＿。

1に　　2日本語学校　　3通わせて　　4います

③医者は 父に＿＿ ＿★＿ ＿＿ ＿＿。

1やめさせ　　2たばこ　　3を　　4ました

④ 部屋(へや)が 汚(よご)れていたので、＿＿＿＿ ＿＿＿＿ ＿★＿ ＿＿＿＿。

1 に　　2 妹(いもうと)　　3 掃除(そうじ)させ　　4 ました

⑤ 私(わたし)は 忙(いそが)しかったので、夫(おっと)を ＿＿＿＿ ＿＿＿＿ ＿★＿ ＿＿＿＿。

1 買(か)い物(もの)　　2 に　　3 ました　　4 行(い)かせ

⑥ 弟(おとうと)を 駅(えき) ＿＿＿＿ ＿＿＿＿ ＿★＿ ＿＿＿＿。

1 ました　　2 待(ま)たせ　　3 一時間(いちじかん)　　4 で

⑦ パンフレットが 足(た)りませんから、すぐ 係(かか)りの者(もの) ＿★＿ ＿＿＿＿ ＿＿＿＿ ＿＿＿＿。

1 持(も)って　　2 ます　　3 に　　4 こさせ

⑧ 子供(こども)のとき、母(はは)は 私(わたし)に ＿＿＿＿ ＿★＿ ＿＿＿＿ ＿＿＿＿。

1 ました　　2 を　　3 習(なら)わせ　　4 ピアノ

練習(れんしゅう)3）（　　）の中(なか)から適当(てきとう)なことばを選(えら)んでください。答(こた)えは一(ひと)つとは限(かぎ)りません。

① わたしは 毎朝(まいあさ) 子(こ)どもを（a.起(お)きます　b.起(お)こします）。

② （a.私(わたし)の日記(にっき)は　b.私(わたし)は日記(にっき)を）兄(あに)に 読(よ)まれました。

③ 事務所(じむしょ)の人(ひと)に 電話番号(でんわばんごう)を（a.聞(き)かられました　b.聞(き)かれました）。

④ 込(こ)んだ電車(でんしゃ)の中(なか)で（a.私(わたし)の足(あし)は　b.私(わたし)は足(あし)を）踏(ふ)まれました。

⑤ お風呂(ふろ)に 入(はい)っているとき、友達(ともだち)に 来(こ)られて（a.ちょっと 困(こま)りました　b.とても うれしかったです）。

⑥ この歌(うた)は（a.子(こ)どもたちから　b.子(こ)どもたちに）よく 歌(うた)われています。

⑦ 来月(らいげつ) 私(わたし)たちの結婚(けっこん)パーティーを します。（a.田中先生(たなかせんせい)も 私(わたし)に 招待(しょうたい)されます　b.私(わたし)は田中先生(たなかせんせい)も 招待(しょうたい)します）。

⑧ 荷物(にもつ)を（a.持(も)たせて　b.持(も)っていただいて）ほんとうに 助(たす)かりました。

⑨ 私(わたし)は子供(こども)に、自分(じぶん)のことを　自分(じぶん)で（a.やらせて　b.やられて）います。

⑩ この間(あいだ)は 払(はら)っていただいたので、今日(きょう)は 私(わたし)に（a.払(はら)わせて　b.払(はら)われて）ください。

⑪ 先生(せんせい)に（a.質問(しつもん)させて　b.質問(しつもん)されて）答(こた)えられませんでした。

⑫ 先生(せんせい)に 車(くるま)で（a.送(おく)っていただきました　b.送(おく)られました）。

⑬ 初(はじ)めて 日本(にほん)へ 行(い)ったとき、友達(ともだち)に（a.案内(あんない)してもらいました　b.案内(あんない)されました）。

⑭ 厳(きび)しい先生(せんせい)は、毎日(まいにち) 学生(がくせい)に たくさん（a.勉強(べんきょう)されます　b.勉強(べんきょう)させます）。

⑮ この本(ほん)は とても いい本(ほん)ですから、ぜひ 子供(こども)に（a.読(よ)んでもらいましょう　b.読(よ)ませましょう）。

練習(れんしゅう)4）（　）の中(なか)から適当(てきとう)なことばを選(えら)んでください。答(こた)えは一(ひと)つとは限(かぎ)りません。

① バスの時間(じかん)が わかりません。木村(きむら)さんに（a.調(しら)べられます　b.調(しら)べてもらいます）。

② 熱が 下がりませんから、医者に（a.診られます　b.診てもらいます）。

③ 友達に カメラを（a.なくされました　b.なくしてもらいました）。

④ 仕事が 忙しいとき、林さんに（a.手伝われます　b.手伝ってもらいます）。

⑤ 恋人から来た手紙を 他の人に（a.読まれました　b.読んでもらいました）。

⑥ 泥棒に 財布を（a.とられました　b.とらせました）。

⑦ 英語はいろいろな国で（a.話させています　b.話されています）。

⑧ 友達に 荷物を（a.持って行ってもらいました　b.持って行かれました）。

⑨ 空港で 知らない人に 荷物を（a.持って行ってもらいました　b.持って行かれました）。

⑩ 母に 大切な本を（a.捨てられました　b.捨ててもらいました）。

練習5）応用練習

場面1：世話をする

① 子供に 犬の ＿＿＿＿＿＿＿＿＿＿＿＿。

② 日本へ 来たとき、金子先生に いろいろ ＿＿＿＿＿＿＿＿＿＿＿＿。

③ 大学生になった 娘は 私に ＿＿＿＿＿＿＿＿＿＿＿＿のが 嫌いです。

④ 病気の母の 食事の ＿＿＿＿＿＿＿＿＿＿＿＿。

場面(ばめん)2：食(た)べる

①米(こめ)は アジアの国(くに)で ＿＿＿＿＿＿＿＿＿＿。

② 私(わたし)は 人参(にんじん)が 嫌(きら)いな子供(こども)に 人参(にんじん)を ＿＿＿＿＿＿＿＿＿＿。

③ 私(わたし)は 先生(せんせい)に 私(わたし)が 作(つく)った料理(りょうり)を ＿＿＿＿＿＿＿＿＿＿。

④ 私(わたし)は 箸(はし)で ＿＿＿＿＿＿＿＿＿＿。

⑤ 私(わたし)は 大好(だいす)きなチョコレートを 弟(おとうと)に ＿＿＿＿＿＿＿＿＿＿。

⑥おいしそうないちごですね。私(わたし)にも ＿＿＿＿＿＿＿＿＿＿ください。

場面(ばめん)3：調(しら)べる

①空港(くうこう)で かばんの中(なか)を ＿＿＿＿＿＿＿＿＿＿。

② 弟(おとうと)に レストランの電話番号(でんわばんごう)を ＿＿＿＿＿＿＿＿＿＿。

③104で 電話番号(でんわばんごう)を ＿＿＿＿＿＿＿＿＿＿。

④先生(せんせい)に 日本語能力試験(にほんごのうりょくしけん)の会場(かいじょう)を ＿＿＿＿＿＿＿＿＿＿。

場面(ばめん)4：手伝(てつだ)う

① 私(わたし)が 子供(こども)のときは 家(いえ)の中(なか)のいろいろな仕事(しごと)を ＿＿＿＿＿＿＿＿。

しかし、今(いま)の親(おや)は 子供(こども)に あまり ＿＿＿＿＿＿＿＿ません。

②引(ひ)っ越(こ)しのとき、友達(ともだち)に ＿＿＿＿＿＿＿＿＿＿。

③仕事(しごと)が たくさん あるので、上司(じょうし)は 部下(ぶか)に 日曜日(にちようび)も 仕事(しごと)を

＿＿＿＿＿＿＿＿＿＿。

④パーティーの準備(じゅんび)は 大変(たいへん)ですから、子供(こども)に ＿＿＿＿＿＿＿＿＿＿。

アクセントの確認（かくにん）

12-2

文型（ぶんけい）1）

①わたしは　しゃちょうに　ほめられます。

②わたしは　じょうしに　しごとを　たのまれます。

③わたしは　ははに　おこされます。

④わたしは　ともだちに　かれしを　しょうかいされます。

⑤わたしは　やまださんに　とうきょうへ　つれていかれます。

文型（ぶんけい）2）

①わたしは　だれかに　かさを　まちがえられました。

②わたしは　どろぼうに　さいふを　とられました。

③わたしは　ははに　てがみを　よまれました。

④わたしは　おとうとに　とけいを　こわされました。

⑤わたしは　ともだちに　たいせつなほんを　なくされました。

文型（ぶんけい）3）

①このスマートフォンは　にほんでも　うられています。

②たかおはちじゅうごビルは　にじゅうねんまえに　たてられました。

③そのてんじかいは　せかいぼうえきセンターで　ひらかれます。

④わたなべさんのけっこんしきは　ホテルで　かいさいされました。

⑤このたてものは　らいげつ　こわされます。

文型(ぶんけい)4）

① にほんのくるまは せかいじゅうに ゆしゅつされています。

② さいゆうきは にほんでも よまれています。

③ ローマじは ちゅうごくでも つかわれています。

④ さいゆうきは いろいろなことばに ほんやくされています。

⑤ ライスバーガーは ヨーロッパでも たべられています。

文型(ぶんけい)5）

① わたしは おとうとに へやを そうじさせます。

② わたしは ぶかに しりょうを もってこさせます。

③ わたしは いもうとに ばんごはんを つくらせます。

④ わたしは むすめに がっこうを やすませます。

⑤ わたしは がくせいに ほんを かわせます。

文型(ぶんけい)6）

① わたしは がくせいを たたせます。

② わたしは ぶかを おおさかへ しゅっちょうさせます。

③ わたしは ぶかを かいぎに しゅっせきさせます。

④ わたしは むすこを りゅうがくさせます。

⑤ わたしは こどもを じゅくに かよわせます。

文型7）

①きょう そうたいさせていただけませんか。

②ここに くるまを とめさせていただけませんか。

③ここで しゃしんを とらせていただけませんか。

④ごじに かえらせていただけませんか。

⑤らいげつ いちじきこくさせていただけませんか。

文型8）

①こうはいは せんぱいに ざんぎょうさせられました。

②わたしは せんせいに （たたされました）たたせられました。

③わたしは セールスマンに たかいけしょうひんを （かわされました）

かわせられました。

④わたしは いしゃに にゅういんさせられました。

⑤わたしは しゃちょうに いしかわけんに てんきんさせられました。

Unit 13 昇進（しょうしん）して嬉（うれ）しいです。

一 感情表現（かんじょうひょうげん）

13-1

困（こま）る	困擾、為難	嬉（うれ）しい	高興、喜悅
悩（なや）む	煩惱、苦惱	楽（たの）しい	快樂、愉快
落（お）ち込（こ）む	鬱悶、消沉	寂（さび）しい	寂寞、孤單
がっかりする	失望、灰心	悲（かな）しい	悲哀、悲傷
安心（あんしん）する	放心	怖（こわ）い	可怕的
心配（しんぱい）する	擔心、操心	調子（ちょうし）がいい／悪（わる）い	狀況好／不好
びっくりする	吃驚、嚇一跳	都合（つごう）がいい／悪（わる）い	方便適合與否
泣（な）く	哭泣	気分（きぶん）がいい／悪（わる）い	心情好／不好
笑（わら）う	笑	残念（ざんねん）（な）	遺憾、可惜
思（おも）い出（だ）す	想起、回憶	邪魔（じゃま）（な）	干擾、阻礙

二 文型

文型1）原因・理由（動詞）

例1）私は 社長に叱られました[1]・がっかりしました

…私は 社長に叱られて、がっかりしました。

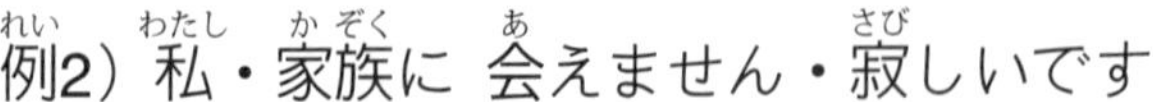

例2）私・家族に 会えません・寂しいです

…私は 家族に会えなくて、寂しいです。

① 両親からのメールを 読みました、故郷[2]のことを 思い出しました

…＿＿＿＿＿＿＿＿＿＿＿＿＿＿＿＿＿＿＿＿。

② 今日 熱が下がりました・気分がいいです

…＿＿＿＿＿＿＿＿＿＿＿＿＿＿＿＿＿＿＿＿。

③ 陳さんのおもしろい話を 聞きました・笑いました

…＿＿＿＿＿＿＿＿＿＿＿＿＿＿＿＿＿＿＿＿。

④ シャネル[3]のかばんの値段を 見ました・びっくりしました

…＿＿＿＿＿＿＿＿＿＿＿＿＿＿＿＿＿＿＿＿。

⑤ 私は 田中さんの顔を 見ました・用事を 思い出しました

…＿＿＿＿＿＿＿＿＿＿＿＿＿＿＿＿＿＿＿＿。

---

1 叱られました（叱る的被動語氣）　責備、批評。

2 故郷　家鄉，老家。也可以說「ふるさと」

3 シャネル　（Channel）香奈兒。

⑥ 一限目[4]の授業に 遅れました・先生に 注意されました

…＿＿＿＿＿＿＿＿＿＿＿＿＿＿＿＿＿＿＿＿＿＿＿＿＿＿＿＿。

⑦ 私は 風邪を 引きました・ 調子が 悪いです

…＿＿＿＿＿＿＿＿＿＿＿＿＿＿＿＿＿＿＿＿＿＿＿＿＿＿＿＿。

⑧ 私は 休みが 取れませんでした・困りました

…＿＿＿＿＿＿＿＿＿＿＿＿＿＿＿＿＿＿＿＿＿＿＿＿＿＿＿＿。

⑨ 曇りで富士山が 見えませんでした・残念でした

…＿＿＿＿＿＿＿＿＿＿＿＿＿＿＿＿＿＿＿＿＿＿＿＿＿＿＿＿。

⑩ 子供からの 連絡がありません・心配です

…＿＿＿＿＿＿＿＿＿＿＿＿＿＿＿＿＿＿＿＿＿＿＿＿＿＿＿＿。

☆平成知恵袋☆

状況説明	V_1ないで、V_2 （動作動詞）	例）どこも行かないで、家にいます。
理由	V_1なくて、V_2 （可能動詞、状態動詞）	例）パーティーにいけなくて、残念です。

4 一限目　第一堂課，早8的課。

文型(ぶんけい)2）原因(げんいん)・理由(りゆう)（形容詞(けいようし)）

例(れい)）この説明書(せつめいしょ)は　難(むずか)しいです・わかりません

…この説明書(せつめいしょ)は　難(むずか)しくて、わかりません。

①都合(つごう)が　悪(わる)いです・パーティーに　行(い)けません

…＿＿＿＿＿＿＿＿＿＿＿＿＿＿＿＿＿＿＿＿＿＿＿＿。

②この本(ほん)は　新(あたら)しい単語(たんご)が　多(おお)いです・わかりにくいです

…＿＿＿＿＿＿＿＿＿＿＿＿＿＿＿＿＿＿＿＿＿＿＿＿。

③この荷物(にもつ)は　重(おも)いです・持(も)てません

…＿＿＿＿＿＿＿＿＿＿＿＿＿＿＿＿＿＿＿＿＿＿＿＿。

④あの先生(せんせい)の話(はな)し方(かた)は　速(はや)いです・わかりにくいです

…＿＿＿＿＿＿＿＿＿＿＿＿＿＿＿＿＿＿＿＿＿＿＿＿。

⑤荷物(にもつ)が　邪魔(じゃま)です・通(とお)れません

…＿＿＿＿＿＿＿＿＿＿＿＿＿＿＿＿＿＿＿＿＿＿＿＿。

⑥私(わたし)は　歌(うた)が下手(へた)です・あまりカラオケが　好(す)きじゃありません

…＿＿＿＿＿＿＿＿＿＿＿＿＿＿＿＿＿＿＿＿＿＿＿＿。

⑦仕事(しごと)を　やめてから、毎日暇(まいにちひま)です・困(こま)っています

…＿＿＿＿＿＿＿＿＿＿＿＿＿＿＿＿＿＿＿＿＿＿＿＿。

⑧この冷蔵庫(れいぞうこ)は　操作(そうさ)が複雑(ふくざつ)です・使(つか)いにくいです

…＿＿＿＿＿＿＿＿＿＿＿＿＿＿＿＿＿＿＿＿＿＿＿＿。

⑨昨日(きのう)のテストは　簡単(かんたん)でした・嬉(うれ)しかったです

…＿＿＿＿＿＿＿＿＿＿＿＿＿＿＿＿＿＿＿＿＿＿＿＿。

⑩ 新しい図書館は　とても静かです・勉強しやすいです

…＿＿＿＿＿＿＿＿＿＿＿＿＿＿＿＿＿＿＿＿＿＿＿＿＿＿。

文型3）原因・理由（名詞）

例）地震です・家が　倒れました

…地震で家が　倒れました。

① 交通事故です・人が　死にました

…＿＿＿＿＿＿＿＿＿＿＿＿＿＿＿＿＿＿＿＿＿＿＿＿＿＿。

② ゴールデンウィークです・どこも　込んでいます

…＿＿＿＿＿＿＿＿＿＿＿＿＿＿＿＿＿＿＿＿＿＿＿＿＿＿。

③ 人身事故です・電車が　止まりました

…＿＿＿＿＿＿＿＿＿＿＿＿＿＿＿＿＿＿＿＿＿＿＿＿＿＿。

④ 今日は　大雪です・雪崩が　起きました

…＿＿＿＿＿＿＿＿＿＿＿＿＿＿＿＿＿＿＿＿＿＿＿＿＿＿。

⑤ 台風です・木が　倒れました

…＿＿＿＿＿＿＿＿＿＿＿＿＿＿＿＿＿＿＿＿＿＿＿＿＿＿。

文型4）原因・理由（名詞）

例）彼女は　料理が苦手です・自分でお弁当を　作りません

…彼女は　料理が苦手だから、お弁当を　作らないわけです。

① 彼は風邪を　引きました・会社を　休みました

…＿＿＿＿＿＿＿＿＿＿＿＿＿＿＿＿＿＿＿＿＿＿＿＿＿＿。

②陳さんは 10年も日本に住んでいました・日本語が 上手です

…＿＿＿＿＿＿＿＿＿＿＿＿＿＿＿＿＿＿＿＿。

③山田さんは 中国へ 留学していました・中国語が できます

…＿＿＿＿＿＿＿＿＿＿＿＿＿＿＿＿＿＿＿＿。

④きのう田中さんは 遅くまで残業しました・今日は あまり元気がありません

…＿＿＿＿＿＿＿＿＿＿＿＿＿＿＿＿＿＿＿＿。

⑤きょうは寒波が 来ました・寒いです

…＿＿＿＿＿＿＿＿＿＿＿＿＿＿＿＿＿＿＿＿。

文型5）理由・原因

例1）先生・大学に合格しました

…先生のおかげで、大学に 合格しました。

例2）薬を 飲みました・眠気[5]を 感じます

…薬を 飲んだせいで、眠気を 感じます。

①夫が 家事を手伝ってくれます・私は 仕事ができました

…＿＿＿＿＿＿＿＿＿＿＿＿＿＿＿＿＿＿＿＿。

②赤ちゃんが よく泣きました・疲れました

…＿＿＿＿＿＿＿＿＿＿＿＿＿＿＿＿＿＿＿＿。

5　眠気　睡意、睏倦。

③ 同僚が 会社を休みました・今日は とても忙しかったです

…＿＿＿＿＿＿＿＿＿＿＿＿＿＿＿＿＿＿＿＿＿＿＿＿＿＿＿＿＿＿＿＿＿。

④ 駅前に コンビニができました・便利になりました

…＿＿＿＿＿＿＿＿＿＿＿＿＿＿＿＿＿＿＿＿＿＿＿＿＿＿＿＿＿＿＿＿＿。

⑤ 朝寝坊[6]しました・会議に遅刻しました

…＿＿＿＿＿＿＿＿＿＿＿＿＿＿＿＿＿＿＿＿＿＿＿＿＿＿＿＿＿＿＿＿＿。

⑥ 友達が 遅刻しました・みんな新幹線に 乗れませんでした

…＿＿＿＿＿＿＿＿＿＿＿＿＿＿＿＿＿＿＿＿＿＿＿＿＿＿＿＿＿＿＿＿＿。

⑦ 騒音・夜 眠れません

…＿＿＿＿＿＿＿＿＿＿＿＿＿＿＿＿＿＿＿＿＿＿＿＿＿＿＿＿＿＿＿＿＿。

⑧ 田中先生・大学に 合格しました

…＿＿＿＿＿＿＿＿＿＿＿＿＿＿＿＿＿＿＿＿＿＿＿＿＿＿＿＿＿＿＿＿＿。

⑨ 伊藤先生が 来てくれました・楽しいパーティーに なりました

…＿＿＿＿＿＿＿＿＿＿＿＿＿＿＿＿＿＿＿＿＿＿＿＿＿＿＿＿＿＿＿＿＿。

⑩ 陳さんが 手伝ってくれました・仕事が 早く終わりました

…＿＿＿＿＿＿＿＿＿＿＿＿＿＿＿＿＿＿＿＿＿＿＿＿＿＿＿＿＿＿＿＿＿。

---

6 朝寝坊（あさねぼう）　早上爬不起來，睡過頭。

三 応用会話

13-2

場面：駅前で待ち合わせ

陳　：約束の時間になったのに、佐藤課長は 来ないですね。

洪　：佐藤課長から 連絡がなくて、心配ですね。

佐藤：みんな、遅くなって、すみません。

陳　：佐藤課長、どうしたんですか。

佐藤：実は 来る途中で、事故があって、道が 込んでいたんです。

陳　：そうでしたか。ところで、佐藤課長、車を換えたんですか。

佐藤：ええ、子供が 生まれて、前の車が小さくなったんです。

洪　：この車は 新しくて、快適[7]ですね。

佐藤：最近、この車で よくドライブを するんです。

陳　：新しい車を 運転して、仕事のストレスから解放されるわけですね。

佐藤：それほどでもないですけど。

陳　：この車は ハイブリッド[8]だから、高いでしょう？

洪　：私も 性能がいい車がほしいんですが、高くて買えません。

陳　：じゃ、貯金[9]しないと…。

洪　：ほんとうですね。

---

7 快適　舒適、舒服。

8 ハイブリッド　（Hybrid）混合動力車輛。

9 貯金　存錢。

四 総合練習

練習1）＿★＿に 入るものはどれですか。1・2・3・4から一番いいものを一つ選んでください。

① ＿＿ ＿＿ ＿＿ ＿★＿、隣の部屋で 少し 休みます。

1 が　2 ので　3 気分　4 悪い

② ＿＿ ＿★＿ ＿＿ ＿＿参加できません。

1 風邪　2 に　3 社員旅行　4 で

③ 仕事 ＿＿ ＿★＿、＿＿ ＿＿行けません。

1 忙しくて　2 も　3 が　4 どこ

④ 田中さんは 私の顔 ＿＿ ＿★＿、＿＿ ＿＿思い出しました。

1 を　2 用事　3 見て　4 を

⑤ 交通事故 ＿★＿ ＿＿ ＿＿ ＿＿ 。

1 死にました　2 で　3 人　4 が

練習2）（　）の中のことばを適当な形にして書きなさい。

① いっしょに 旅行に（行けません…　　　　　　）、残念です。

② かぎを（なくしました…　　　　　　）、部屋に 入れません。

③ 映画を（見ました…　　　　　　）泣きました。

④ 時間が（ありませんでした…　　　　　　）、本屋へ行けませんでした。

⑤ 近くに 店が たくさん（あります…　　　　　　）、便利です。

⑥ 電話で 子供の元気な声を（聞きました…　　　　　　　　　）、安心しました。

⑦ この道は（工事です…　　　　　　　　　）通れません。

⑧ サウナ風呂で 先生に（会いました…　　　　　　　　　）、びっくりしました。

⑨ 仕事を やめてから、毎日（暇です…　　　　　　　　　）、困っています。

⑩ 日本語が（わかりません…　　　　　　　　　）、困っています。

⑪ 私 は（都合が 悪かったです…　　　　　　　　　）、行けませんでした。

⑫ パーティーに（出席できません…　　　　　　　　　）、すみません。

⑬ このコーヒーは（熱いです…　　　　　　　　　）、飲めません。

⑭ 今日は（曇りです…　　　　　　　　　）、富士山が 見えません。

⑮ このプールは（広いです…　　　　　　　　　）、気持ちが いいです。

練習3）（　　）の中から正しい使い方を選んでください。答えは一つとは限りません。

① すみません。（a.暗いので　b.暗くて）、電気を つけてください。

② 頭 が（a.痛くて　b.痛いので）、早く 帰ってもいいですか。

③（a.危なくて　b.危ないから）、触るな。

④ 料 理の本を（a.読まなくて　b.読まないで）、料 理をします。

⑤ この 牛 乳 は 産地 直 送ですから、安い（a.わけです　b.はずです）。

⑥ この店は 値段が（a.高くて　b.高いですから）、他の店で 買います。

⑦ 陳さんの話を（a.聞いて　b.聞いたので）、みんな 笑いました。

⑧ 明日 会議が（a.あって　b.あるので）、机やいすを 並べて おきます。

⑨ 値段を（a.見て　b.見ましたから）、びっくりしました。

⑩ 昨日 飲みすぎた（a.おかげで　b.せいで）、今朝は 頭がとても痛い。

アクセントの確認（かくにん）

13-3

文型（ぶんけい）1）

①りょうしんからのメールをよんで、こきょうのことを おもいだしました。

②きょう ねつが さがって、きぶんが いいです。

③ちんさんのおもしろいはなしを きいて、わらいました。

④シャネルのかばんのねだんを みて、びっくりしました。

⑤わたしはたなかさんのかおを みて、ようじを おもいだしました。

⑥いちげんめのじゅぎょうに おくれて、せんせいに ちゅういされました。

⑦わたしは かぜをひいて、ちょうしが わるいです。

⑧わたしは やすみが とれなくて、こまりました。

⑨くもりで ふじさんが みえなくて、ざんねんでした。

⑩こどもからのれんらくが なくて、しんぱいです。

文型（ぶんけい）2）

①つごうが わるくて、パーティーに いけません。

②このほんは あたらしいたんごが おおくて、わかりにくいです。

③このにもつは おもくて、もてません。

④あのせんせいのはなしかたははやくて、わかりにくいです。

⑤このにもつがじゃまで、とおれません。

⑥わたしはうたがへたで、あまりカラオケがすきじゃありません。

⑦しごとをやめてから、まいにちひまで、こまっています。

⑧ このれいぞうこはそうさがふくざつでつかいにくいです。

⑨ きのうのテストはかんたんで、うれしかったです。

⑩ あたらしいとしょかんはとてもしずかで、べんきょうしやすいです。

文型(ぶんけい)3）

① こうつうじこで、ひとがしにました。

② ゴールデンウィークで、どこもこんでいます。

③ じんしんじこで、でんしゃがとまりました。

④ きょうはおおゆきでなだれがおきました。

⑤ たいふうできがたおれました。

文型(ぶんけい)4）

① かれはかぜをひいたから、かいしゃをやすんだわけです。

② ちんさんはじゅうねんもにほんにすんでいたから、にほんごがじょうずなわけです。

③ やまださんはちゅうごくへりゅうがくしていたから、ちゅうごくごができるわけです。

④ きのう、たなかさんはおそくまでざんぎょうしたから、きょうはあまりげんきがないわけです。

⑤ きょうはかんぱがきたから、さむいわけです。

文型(ぶんけい)5）

①おっとがかじをてつだってくれたおかげで、わたしはしごとができました。

②あかちゃんがよくないたせいで、つかれました。

③どうりょうがかいしゃをやすんだせいで、きょうはとてもいそがしかったです。

④えきまえにコンビニができたおかげで、べんりになりました。

⑤あさねぼうしたせいで、かいぎにちこくしました。

⑥ともだちがちこくしたせいで、みんなしんかんせんにのれませんでした。

⑦そうおんのせいで、よるねむれません。

⑧たなかせんせいのおかげで、だいがくにごうかくしました。

⑨いとうせんせいがきてくれたおかげで、たのしいパーティーになりました。

⑩ちんさんがてつだってくれたおかげで、しごとがはやくおわりました。

Unit 14 雪が 降りそうです。

一よく使う組み合わせのことば

14-1

間に合う	來得及	辞書を引く	查字典
役に立つ	有用、有幫助	鍵をかける	鎖門
（学校）に通う	通（學）	戸締まりをする	鎖門窗
試験に落ちる	落榜	アイロンをかける	燙衣服
（質問）に答える	回答（問題）	目覚まし時計をセットする	設鬧鐘
（トイレ）に行く	上、去（廁所）	（帽子）をかぶる	戴（帽子）
横になる	躺下	洗濯機を回す	用洗衣機洗衣服
口に合う	合口味	（部屋）を片付ける	整理（房間）
迷子になる	迷路	お湯を沸かす	燒開水
（椅子）に座る	坐（椅子）	ご飯を炊く	煮飯

二 文型

文型1）推量

例）A：道が 濡れていますね。（ゆうべ雨が 降りました）

…B：ええ、ゆうべ雨が 降ったようですね。

①A：あの店は いつも 行列ができますね。（人気が あります）

…B：ええ、＿＿＿＿＿＿＿＿＿＿＿＿＿＿＿＿＿＿＿＿。

②A：山田さんは 最近よく 病院へ行きますね。（体の具合が悪いです）

…B：ええ、＿＿＿＿＿＿＿＿＿＿＿＿＿＿＿＿＿＿＿＿。

③A：伊藤さんは よくケーキを買いますね。（甘いものが 好きです）

…B：ええ、＿＿＿＿＿＿＿＿＿＿＿＿＿＿＿＿＿＿＿＿。

④A：陳さんの部屋は カーテンが閉まっていますね。（留守です）

…B：ええ、＿＿＿＿＿＿＿＿＿＿＿＿＿＿＿＿＿＿＿＿。

⑤A：李さんは 今日も遅い時間に帰りましたね。（残業 しました）

…B：ええ、＿＿＿＿＿＿＿＿＿＿＿＿＿＿＿＿＿＿＿＿。

文型2）推量

例）A：田中さんは 最近 遅くまで仕事をしていますね。（忙しいです）

…B：ええ、忙しいみたいです。

①A：あの店は いつも 行列ができますね。（人気が あります）

…B：ええ、＿＿＿＿＿＿＿＿＿＿＿＿＿＿＿＿＿＿＿＿。

②A：山田さんは 最近よく 病院へ行きますね。（体の具合が悪いです）

…B：ええ、＿＿＿＿＿＿＿＿＿＿＿＿＿＿＿＿＿＿＿＿。

③A：伊藤さんは よくケーキを買いますね。（甘いものが好きです）

…B：ええ、＿＿＿＿＿＿＿＿＿＿＿＿＿＿＿＿＿＿＿＿。

④A：陳さんの部屋は カーテンが閉まっていますね。（留守です）

…B：ええ、＿＿＿＿＿＿＿＿＿＿＿＿＿＿＿＿＿＿＿＿。

⑤A：李さんは 今日も遅い時間に帰りましたね。（また残業しました）

…B：ええ、＿＿＿＿＿＿＿＿＿＿＿＿＿＿＿＿＿＿＿＿。

文型3）比況

例）A：まだ3月なのに、今日はとても暑いですね。（夏です）

…B：そうですね。（まるで）夏のようです。

①A：この家は 広くて、豪華ですね。（お城です）

…B：そうですね。＿＿＿＿＿＿＿＿＿＿＿＿＿＿＿＿＿＿＿＿。

②A：今日は とても暖かくて、過しやすいですね。（春が来ました）

…B：そうですね。＿＿＿＿＿＿＿＿＿＿＿＿＿＿＿＿＿＿＿＿。

③A：今日は たくさん歩いて、疲れましたね。（足が棒です）

…B：そうですね。＿＿＿＿＿＿＿＿＿＿＿＿＿＿＿＿＿＿＿＿。

④A：社長は 怒ると怖いですね。（鬼です）

…B：そうですね。＿＿＿＿＿＿＿＿＿＿＿＿＿＿＿＿＿＿＿＿。

⑤A：彼は 体が大きくて、力が強いですね。（お相撲さんです）

…B：そうですね。＿＿＿＿＿＿＿＿＿＿＿＿＿＿＿＿＿＿＿＿。

☆平成知恵袋☆

普通形＋ ｛ようです。
　　　　 　みたいです。

な形容詞	名詞
好きなようです。	学生のようです。
好きみたいです。	学生みたいです。

文型4）具体例

例1）先生・日本語を話す

…先生のように、上手に日本語を話したいです。

例2）子供・服を着ています

…子供のようなかわいい服を着ています。

① 歌手・上手に歌を歌いたい

…＿＿＿＿＿＿＿＿＿＿＿＿＿＿＿＿＿＿＿＿。

② 大人が読む・本を書きたい

…＿＿＿＿＿＿＿＿＿＿＿＿＿＿＿＿＿＿＿＿。

③ 女優さんが持っている・有名ブランドのかばんがほしい

…＿＿＿＿＿＿＿＿＿＿＿＿＿＿＿＿＿＿＿＿。

④ 社長・部下に命令を出す

…＿＿＿＿＿＿＿＿＿＿＿＿＿＿＿＿＿＿＿＿。

⑤ スポーツ選手が着る・かっこいい服を買いたい

…＿＿＿＿＿＿＿＿＿＿＿＿＿＿＿＿＿＿＿＿。

文型(ぶんけい)5）様態(ようたい)

例(れい)1）棚(たな)から荷物(にもつ)が落(お)ちます

…棚(たな)から荷物(にもつ)が落(お)ちそうです。

例(れい)2）あのシフォンケーキ[1]は おいしいです

…あのシフォンケーキは おいしそうです。

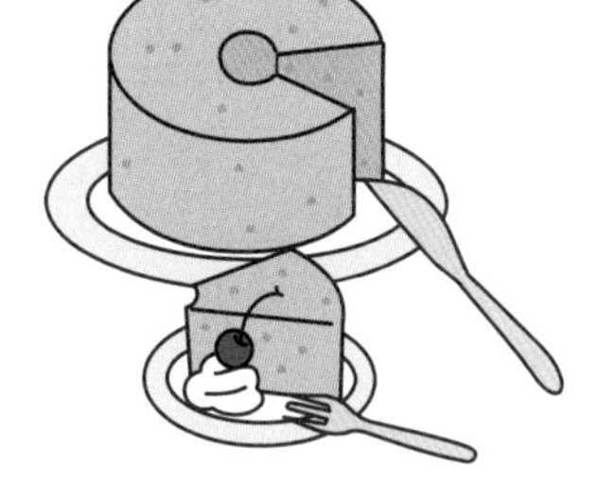

例(れい)3）親子丼(おやこどん)の作(つく)り方(かた)は とても簡単(かんたん)です

…親子丼(おやこどん)の作(つく)り方(かた)は とても簡単(かんたん)そうです。

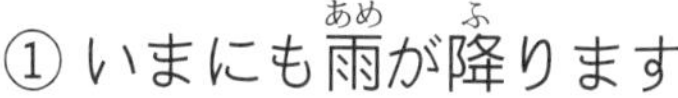

① いまにも雨(あめ)が降(ふ)ります

…＿＿＿＿＿＿＿＿＿＿＿＿＿＿＿＿＿＿＿＿。

② もうすぐ雪(ゆき)がやみます

…＿＿＿＿＿＿＿＿＿＿＿＿＿＿＿＿＿＿＿＿。

③ ガソリンがなくなります

…＿＿＿＿＿＿＿＿＿＿＿＿＿＿＿＿＿＿＿＿。

④ ポスターが落(お)ちます

…＿＿＿＿＿＿＿＿＿＿＿＿＿＿＿＿＿＿＿＿。

⑤ 木(き)が倒(たお)れます

…＿＿＿＿＿＿＿＿＿＿＿＿＿＿＿＿＿＿＿＿。

⑥ このフランス製(せい)のコート[2]は 高(たか)いです

…＿＿＿＿＿＿＿＿＿＿＿＿＿＿＿＿＿＿＿＿。

---

1 シフォンケー（chiffon cake）　戚風蛋糕。

2 コート（coat）外套，大衣。

⑦ このカシミア[3]のマフラーは　暖(あたた)かいです

…＿＿＿＿＿＿＿＿＿＿＿＿＿＿＿＿＿＿＿＿＿＿＿。

⑧ この新(あたら)しい電子辞書(でんしじしょ)は　いいです

…＿＿＿＿＿＿＿＿＿＿＿＿＿＿＿＿＿＿＿＿＿＿＿。

⑨ このかばんは　小(ちい)さいポケットがあって、便利(べんり)です

…＿＿＿＿＿＿＿＿＿＿＿＿＿＿＿＿＿＿＿＿＿＿＿。

⑩ この車(くるま)は　丈夫(じょうぶ)です

…＿＿＿＿＿＿＿＿＿＿＿＿＿＿＿＿＿＿＿＿＿＿＿。

☆平成知恵袋(へいせいちえぶくろ)☆

伝聞(でんぶん)の「そうです」と様態(ようたい)の「そうです」の形態上(けいたいじょう)の違(ちが)い

	伝聞(でんぶん)の「そうです」	様態(ようたい)の「そうです」
動詞(どうし)	雨(あめ)が降(ふ)るそうです。 聽說要下雨了。	雨(あめ)が降(ふ)りそうです。 好像要下雨了。
い形容詞(けいようし)	あの時計(とけい)は高(たか)いそうです。 聽說那個錶很貴。	あの時計(とけい)は高(たか)そうです。 那個錶好像很貴。
な形容詞(けいようし)	あの人(ひと)はまじめだそうです。 聽說那個人很認真。	あの人(ひと)はまじめそうです。 那個人好像很認真的樣子。
名詞(めいし)	あの人(ひと)は学生(がくせい)だそうです。 聽說那個人是學生。	×

3　カシミア（cashmere）喀什米爾羊毛。

文型6）様態の否定形

例1）今日は　とても晴れて、雨が降りません

…今日は　とても晴れて、雨が降りそうもありません。

例2）この携帯電話は　よくないです

…この携帯電話は　よくなさそうです。

例3）この店の魚は　あまり新鮮じゃありません

…この店の魚は　あまり新鮮じゃなさそうです。

①この町は若者[4]が　減っていますから、人口が　増えません

…＿＿＿＿＿＿＿＿＿＿＿＿＿＿＿＿＿＿＿＿。

②宿題が　多くて、今日中に終わりません

…＿＿＿＿＿＿＿＿＿＿＿＿＿＿＿＿＿＿＿＿。

③その映画は　おもしろくて、一度見たら忘れません

…＿＿＿＿＿＿＿＿＿＿＿＿＿＿＿＿＿＿＿＿。

④不景気で、新築[5]のマンションの値段が　上がりません

…＿＿＿＿＿＿＿＿＿＿＿＿＿＿＿＿＿＿＿＿。

⑤次の連休は急に仕事が　入ってしまいましたから、休めません

…＿＿＿＿＿＿＿＿＿＿＿＿＿＿＿＿＿＿＿＿。

⑥彼は　あまり元気じゃありません

…＿＿＿＿＿＿＿＿＿＿＿＿＿＿＿＿＿＿＿＿。

---

4 若者（わかもの）　年輕人，青年。

5 新築（しんちく）　新蓋、新建。

⑦ このブランドは品質は良いですが、安くないです

…＿＿＿＿＿＿＿＿＿＿＿＿＿＿＿＿＿＿＿＿。

⑧ このケーキは　おいしくないです

…＿＿＿＿＿＿＿＿＿＿＿＿＿＿＿＿＿＿＿＿。

⑨ このかばんは　重くてよくないです

…＿＿＿＿＿＿＿＿＿＿＿＿＿＿＿＿＿＿＿＿。

⑩ 佐藤さんは　今日は仕事が多くて、暇じゃありません

…＿＿＿＿＿＿＿＿＿＿＿＿＿＿＿＿＿＿＿＿。

☆平成知恵袋☆

否定形のとき

	伝聞	様態
動詞	雨が降らないそうです。	雨が降りそうもありません。 （可能性を否定）
い形容詞	あの時計は高くないそうです。	あの時計は高くなさそうです。 （否定的な様態）
な形容詞	あの人はまじめじゃないそうです。	あの　人はまじめじゃなさそうです。 （否定的な様態）
名詞	あの人は学生じゃないそうです。	あの人は学生じゃなさそうです。 （否定的な様態）

三 応用会話（おうようかいわ）

14-2

場面（ばめん）：研究室（けんきゅうしつ）で

陳（ちん）　：（ドアをノック[6]する）

田中（たなか）：はい、どうぞ。

陳（ちん）　：失礼（しつれい）します。

田中（たなか）：陳（ちん）さん、最近（さいきん）、欠席（けっせき）が 多（おお）いようですが、どうしましたか？今日（きょう）も元気（げんき）がなさそうですね。

陳（ちん）　：実（じつ）は、親（おや）が 先月入院（せんげつにゅういん）しました。

田中（たなか）：入院（にゅういん）？どうしたんですか？

陳（ちん）　：肺炎（はいえん）のようです。お医者（いしゃ）さんの話（はなし）によると、2、3 週間入院（しゅうかんにゅういん）が必要（ひつよう）だそうです。

田中（たなか）：そうですか。それは 大変（たいへん）ですね。

陳（ちん）　：それで、来週（らいしゅう）のゼミ[7]合宿（がっしゅく）[8]を欠席（けっせき）させていただきたいのですが…

田中（たなか）：わかりました。でも、ニュースによると、来週台風（らいしゅうたいふう）がくるそうですよ。

今回（こんかい）の台風（たいふう）は 大型（おおがた）で強（つよ）い台風（たいふう）のようですから、ゼミ合宿（がっしゅく）に行（い）けそうもありませんね。

6　ノック（knock）敲門，敲打。

7　ゼミ（Seminar）德語，「ゼミナール」的省略語。（大學裡由教授指導的）研究班、研討班。研究會，討論發表會等。

8　合宿（がっしゅく）　集訓、共同寄宿。

陳（ちん）　：じゃ、ゼミ合宿（がっしゅく）は延期（えんき）ですか。

田中（たなか）：まだ、わかりませんが…。決（き）まったら、連絡（れんらく）します。

陳（ちん）　：わかりました。お願（ねが）いします。

四 総合練習

練習1) ＿★＿ に 入るものはどれですか。1・2・3・4から 一番いいものを 一つ選んでください。

① 先生の話によると、この ＿＿＿ ＿＿＿ ＿★＿ ＿＿＿。

1 そうです　　2 辞書　　3 は　　4 便利だ

② 廊下に ＿＿＿ ＿＿＿ ＿＿＿ ＿★＿ ね。

1 いる　　2 誰か　　3 です　　4 よう

③ どうも ＿＿＿ ＿＿＿ ＿★＿ ＿＿＿。

1 ようです　　2 まちがえた　　3 道　　4 を

④ 電気が 消えていますから、＿＿＿ ＿＿＿ ＿★＿ ＿＿＿。

1 いない　　2 誰　　3 ようです　　4 も

⑤ 陳さんは 出張が 延びたので、あさってまで ＿＿＿ ＿＿＿ ＿＿＿ ＿★＿。

1 いる　　2 に　　3 そうです　　4 大阪

⑥ 雨 ＿＿＿ ＿＿＿ ＿＿＿ ＿★＿。外を 歩いている人が 傘を さしています。

1 降って　　2 が　　3 いる　　4 ようです

⑦ けさのニュース ＿＿＿、＿＿＿ ＿★＿ ＿＿＿。

1 大統領が　　2 によると　　3 やめる　　4 そうです

⑧ あそこで ＿＿＿ ＿＿＿ ＿＿＿ ＿★＿。

1 燃えている　　2 ようです　　3 ね　　4 何か

⑨ 彼(かれ)は 服(ふく)の ＿＿＿ ＿＿＿ ＿★＿ ＿＿＿。

1が　　2 なさ　　3 そうです　　4 センス

練習(れんしゅう)2）（　　）の中(なか)から正(ただ)しい使(つか)い方(かた)を選(えら)んでください。

① （a.どうして　b.どうも）熱(ねつ)が あるようです。

② 忙(いそが)し（a.よう　b.そう）ですね。手伝(てつだ)いましょうか。

③ その袋(ふくろ)は 破(やぶ)れているし、ひもも 切(き)れ（a.よう　b.そう）ですよ。

④ 隣(となり)のうちは 今日(きょう)、留守(るす)の（a.よう　b.そう）です。

⑤ 車(くるま)のガソリンが なくなり（a.よう　b.そう）ですね。

⑥ 網棚(あみだな)の荷物(にもつ)が 落(お)ち（a.そう　b.よう）です。

⑦ 陳(ちん)さんは 半年(はんとし)ぐらい 留学(りゅうがく)する（a.よう　b.そう）です。

⑧ この段(だん)ボールは 邪魔(じゃま)な（a.よう　b.そう）なので、片付(かたづ)けておきましょうか。

⑨ 新聞(しんぶん)に よると 世界(せかい)の人口(じんこう)は70億人以上(おくにんいじょう)（a.だそう　b.のよう）です。

⑩ 走(はし)れば、電車(でんしゃ)に間(ま)に合(あ)い（a.よう　b.そう）です。走(はし)りましょう。

練習(れんしゅう)3）「ようです」か「そうです」を使(つか)って、正(ただ)しい文(ぶん)を作(つく)ってください。

① このにおいは（焼肉(やきにく)です…　　　　　　）ね。

② 気分(きぶん)が よくなりました。やっと 熱(ねつ)が（下(さ)がりました…　　　　　　）。

③ 息子(むすこ)さんが（結婚(けっこん)します…　　　　　　）ね。おめでとうございます。

④ これは どうも薬(くすり)の（アレルギーです…　　　　　　）ね。

⑤ 頭(あたま)も痛(いた)いし、熱(ねつ)もあるし、どうも（かぜです…　　　　　　）。

⑥ わあ、（おいしいです…　　　　　　）ね。ちょっと 食(た)べてみてもいいですか。

⑦ ノックしても 返事(へんじ)が ありませんね。（います…　　　　　　）よ。

⑧ あのレストランは 外(そと)から見(み)ると 値段(ねだん)が（高(たか)いです…　　　　　　）が、行(い)った人(ひと)の話(はなし)を 聞(き)くと、あまり（高(たか)いです…　　　　　　）です。

⑨ しばらくですね。（お元気(げんき)です…　　　　　　）ね。

⑩ あの男(おとこ)の子(こ)は お母(かあ)さんに 叱(しか)られて、今(いま)にも（泣く…　　　　　　）です。

練習(れんしゅう)4）正(ただ)しいことばを選(えら)んでください。

① きょうは　寒(さむ)いので、風邪(かぜ)をひいて＿＿＿＿＿そうです。

1 見(み)　　2 行(い)き　　3 置(お)き　　4 しまい

② 山田(やまだ)さんの 弟(おとうと) は＿＿＿＿＿そうです。

1 大学生(だいがくせい)　　2 大学生(だいがくせい)で　　3 大学生(だいがくせい)だ　　4 大学生(だいがくせい)の

③ 天気予報(てんきよほう)に よると、あしたは 台風(たいふう)が＿＿＿＿＿そうです。

1 くる　　2 きて　　3 きた　　4 く

④ 先輩（せんぱい）の 話（はなし）では この参考書（さんこうしょ）は とても＿＿＿＿＿そうです。

1 よく　　2 いい　　3 いいだ　　4 よくて

⑤ きょうの ニュースでは、きのう 東京（とうきょう）で 大（おお）きな地震（じしん）が＿＿＿＿＿

そうです。

1 ある　　2 あり　　3 あった　　4 あって

⑥ その電子辞書（でんしじしょ）は＿＿＿＿＿そうで、いいですね。

1 べんり　　2 べんりな　　3 べんりに　　4 べんりの

⑦ これは＿＿＿＿＿なアイスクリームですね。

1 おいしい　　2 おいしそう　　3 おいしいそう　　4 おいしかった

⑧ 田中（たなか）さんは 先週（せんしゅう）　入院（にゅういん）＿＿＿＿＿そうです。

1 し　　2 する　　3 して　　4 した

⑨ 寒（さむ）いですね。雪（ゆき）でも＿＿＿＿＿そうですね。

1 降（ふ）り　　2 降（ふ）る　　3 降（ふ）って　　4 降（ふ）ろう

⑩ この子（こ）どもは＿＿＿そうな 顔（かお）を しています。

1 はずかしい　　2 はずかしく　　3 はずかしくて　　4 はずかし

アクセントの確認（かくにん）

 14-3

文型（ぶんけい）1）

①A：あのみせは いつも ぎょうれつができますね。

…B：ええ、にんきが あるようですね。

②A：やまださんは さいきんよくびょういんへいきますね。

…B：ええ、からだのぐあいがわるいようですね。

③A：いとうさんは よくケーキをかいますね。

…B：ええ、あまいものが すきなようですね。

④A：ちんさんのへやは カーテンがしまっていますね。

…B：ええ、るすのようですね。

⑤A：りさんは きょうもおそいじかんにかえりましたね。

…B：ええ、きょうもざんぎょうしたようですね。

文型（ぶんけい）2）

①A：あのみせは いつも ぎょうれつができますね。

…B：ええ、にんきが あるみたいですね。

②A：やまださんは さいきんよくびょういんへいきますね。

…B：ええ、からだのぐあいがわるいみたいですね。

③A：いとうさんは よくケーキをかいますね。

…B：ええ、あまいものが すきみたいですね。

④A：ちんさんのへやは カーテンがしまっていますね。

…B：ええ、るすみたいですね。

⑤A：りさんは　きょうもおそいじかんにかえりましたね。

…B：ええ、またざんぎょうしたみたいですね。

文型(ぶんけい)3）

①A：このいえは　ひろくて、ごうかですね。

…B：そうですね。（まるで）おしろのようです。

②A：きょうは　とてもあたたかくて、すごしやすいですね。

…B：そうですね。（まるで）はるがきたようです。

③A：きょうは　たくさんあるいて、つかれましたね。

…B：そうですね。（まるで）あしがぼうのようです。

④A：しゃちょうは　おこるとこわいですね。

…B：そうですね。（まるで）おにのようです。

⑤A：かれは　からだがおおきくて、ちからがつよいですね。

…B：そうですね。（まるで）おすもうさんのようです。

文型(ぶんけい)4）

①かしゅのように、じょうずにうたを　うたいたいです。

②おとながよむようなほんを　かきたいです。

③じょゆうさんがもっているようなゆうめいブランドのかばんがほしいです。

④しゃちょうのように、ぶかにめいれいをだします。

⑤スポーツせんしゅがきるようなかっこいいふくをかいたいです。

文型5）

① いまにも あめがふりそうです。

② もうすぐ ゆきがやみそうです。

③ ガソリンが なくなりそうです。

④ ポスターが おちそうです。

⑤ きが たおれそうです。

⑥ このフランスせいのコートは たかそうです。

⑦ このカシミアのマフラーは あたたかそうです。

⑧ このあたらしいでんしじしょは よさそうです。

⑨ このかばんは　ちいさいポケットがあって、べんりそうです。

⑩ このくるまは じょうぶそうです。

文型6）

① このまちはわかものが へっていますから、じんこうが ふえそうもありません。

② しゅくだいが おおくて、きょうじゅうにおわりそうもありません。

③ そのえいがは おもしろくて、いちどみたらわすれそうもありません。

④ ふけいきで、しんちくのマンションのねだんが あがりそうもありません。

⑤ つぎのれんきゅうはきゅうにしごとが はいってしまいましたから、やすめそうもありません。

⑥ かれは あまりげんきじゃなさそうです。

⑦ このブランドはひんしつはいいですが、やすくなさそうです。

⑧ このケーキは おいしくなさそうです。

⑨ このかばんはおもくてよくなさそうです。

⑩ さとうさんは きょうはしごとがおおくて、ひまじゃなさそうです。

Unit 15　社長(しゃちょう)は いらっしゃいますか。

一 特別(とくべつ)な尊敬語(そんけいご)と謙譲語(けんじょうご)

15-1

尊敬語(そんけいご)	丁寧体(ていねいたい)	謙譲語(けんじょうご)
なさいます	します	いたします
いらっしゃいます	います	おります
いらっしゃいます・ おいでになります	行(い)きます・来(き)ます	参(まい)ります
おっしゃいます	言(い)います	申(もう)します
召(め)し上(あ)がります	食(た)べます・飲(の)みます	いただきます
ご覧(らん)になります	見(み)ます	拝見(はいけん)します
お聞(き)きになります	聞(き)きます	お聞(き)きします・ 伺(うかが)います
いらっしゃいます	訪問(ほうもん)します	伺(うかが)います
ご存(ぞん)じです	知(し)っています	存(ぞん)じております
	思(おも)います	存(ぞん)じます
お会(あ)いになります	会(あ)います	お目(め)にかかります
お見(み)せになります	見(み)せます	お目(め)にかけます
	もらいます	いただきます
くださいます	くれます	
	あげます	さしあげます

☆平成知恵袋☆　什麼時候加「お」、「ご」

①外來語不可加。

例）おレポート（×）

②原則上自己的東西是不加的，但如果目的是要給長輩的東西要加比較有禮貌。

例）お返事をさしあげます

③跟對方毫無關係的不可加。

例）お駅（×）

練習1）名詞

ご～（漢語） （由中文延伸出來的）	お～（和語） （原本日文就有，借漢字表意）
例）ご家族	例）お仕事
	日常用語加「お」的例子 お洗濯・お掃除・お邪魔

（話・名前・兄弟・国・部屋・住所・両親・意見・忘れ物・箸・宅）

練習2）い形容詞・な形容動詞・副詞

ご～（漢語）	お～（和語）
例）ご丁寧	例）お忙しい

（若い・暇・親切・上手・元気・大事に・ゆっくり・無事に）

二 文型

文型1）特別な尊敬語（レベル1）

例）社長・いる？（普通体）

…社長は いますか。（丁寧体）

↑社長は いらっしゃいますか。（尊敬語）

①先生・何か言った？

…＿＿＿＿＿＿＿＿＿＿＿＿＿＿＿＿＿＿＿＿。

↑＿＿＿＿＿＿＿＿＿＿＿＿＿＿＿＿＿＿＿＿。

②部長・旅行の写真を見る？

…＿＿＿＿＿＿＿＿＿＿＿＿＿＿＿＿＿＿＿＿。

↑＿＿＿＿＿＿＿＿＿＿＿＿＿＿＿＿＿＿＿＿。

③先生・コーヒーを飲む？

…＿＿＿＿＿＿＿＿＿＿＿＿＿＿＿＿＿＿＿＿。

↑＿＿＿＿＿＿＿＿＿＿＿＿＿＿＿＿＿＿＿＿。

④お客様・ 日本円の一万札の人の名前を知っている？

…＿＿＿＿＿＿＿＿＿＿＿＿＿＿＿＿＿＿＿＿。

↑＿＿＿＿＿＿＿＿＿＿＿＿＿＿＿＿＿＿＿＿。

⑤部長・ゴルフをする？

…＿＿＿＿＿＿＿＿＿＿＿＿＿＿＿＿＿＿＿＿。

↑＿＿＿＿＿＿＿＿＿＿＿＿＿＿＿＿＿＿＿＿。

Q：大統領(だいとうりょう)に　お目(め)にかかったことがありますか。
A：

文型(ぶんけい)2）尊敬語(そんけいご)（レベル2）

例(れい)）先生(せんせい)・新(あたら)しい携帯(けいたい)を　買(か)いました。

…先生(せんせい)は新(あたら)しい携帯(けいたい)を　お買(か)いになりました。

① 社長(しゃちょう)・鈴木(すずき)さんに　会(あ)いました。

…＿＿＿＿＿＿＿＿＿＿＿＿＿＿＿＿＿＿。

② 部長(ぶちょう)・日光(にっこう)の旅館(りょかん)に　泊(と)まりました。

…＿＿＿＿＿＿＿＿＿＿＿＿＿＿＿＿＿＿。

③ お客様(きゃくさま)・もう帰(かえ)りました。

…＿＿＿＿＿＿＿＿＿＿＿＿＿＿＿＿＿＿。

④ 課長(かちょう)・新(あたら)しいパソコンを　使(つか)いました。

…＿＿＿＿＿＿＿＿＿＿＿＿＿＿＿＿＿＿。

⑤ 先生(せんせい)・日本語(にほんご)の新聞(しんぶん)を　読(よ)みました。

…＿＿＿＿＿＿＿＿＿＿＿＿＿＿＿＿＿＿。

Q：タバコを　お吸(す)いになりますか。
A：

文型(ぶんけい)3）尊敬語(そんけいご)（レベル3）

例(れい)）部長(ぶちょう)は　新聞(しんぶん)を読(よ)みましたか。

…部長(ぶちょう)は　新聞(しんぶん)を読(よ)まれましたか。

①社長（しゃちょう）は 帰（かえ）りましたか。

…＿＿＿＿＿＿＿＿＿＿＿＿＿＿＿＿＿＿＿＿。

②課長（かちょう）は 出張（しゅっちょう） しましたか。

…＿＿＿＿＿＿＿＿＿＿＿＿＿＿＿＿＿＿＿＿。

③田中（たなか）さんは 何時（なんじ）の飛行機（ひこうき）に乗（の）りますか。

…＿＿＿＿＿＿＿＿＿＿＿＿＿＿＿＿＿＿＿＿。

④部長（ぶちょう）は 出（で）かけましたか。

…＿＿＿＿＿＿＿＿＿＿＿＿＿＿＿＿＿＿＿＿。

⑤主任（しゅにん）は お土産（みやげ）を買（か）いましたか。

…＿＿＿＿＿＿＿＿＿＿＿＿＿＿＿＿＿＿＿＿。

Q：日曜日（にちようび）の 食事会（しょくじかい）に出席（しゅっせき）されますか。
A：

文型（ぶんけい）4）尊敬語（そんけいご）（依頼形（いらいけい））

例（れい））どうぞ、使（つか）ってください。

…どうぞ、お使（つか）いください。

①しばらく ここで 待（ま）ってください。

…＿＿＿＿＿＿＿＿＿＿＿＿＿＿＿＿＿＿＿＿。

②どうぞ、会議室（かいぎしつ）に 入（はい）ってください。

…＿＿＿＿＿＿＿＿＿＿＿＿＿＿＿＿＿＿＿＿。

③ どうぞ、お金（かね）を確（たし）かめてください。

…＿＿＿＿＿＿＿＿＿＿＿＿＿＿＿＿＿＿＿＿＿＿。

④ どうぞ、持（も）ってください。

…＿＿＿＿＿＿＿＿＿＿＿＿＿＿＿＿＿＿＿＿＿＿。

⑤ どうぞ、新（あたら）しいパンフレット[1]を取（と）ってください。

…＿＿＿＿＿＿＿＿＿＿＿＿＿＿＿＿＿＿＿＿＿＿。

Q：どうぞ、おかけください。
A：

☆平成知恵袋（へいせいちえぶくろ）☆　可能形（かのうけい）か受身形（うけみけい）か尊敬形（そんけいけい）

グループ	辞書形（じしょけい）	A 可能形（かのうけい）	B 受身形（うけみけい）	C 尊敬形（そんけいけい）
I	書（か）く	書（か）ける	書（か）かれる	書（か）かれる
	使（つか）う	使（つか）える	使（つか）われる	使（つか）われる
II	食（た）べる	食（た）べられる	食（た）べられる	食（た）べられる
III	する	できる	される	される
	来（く）る	来（こ）られる	来（こ）られる	来（こ）られる

練習（れんしゅう））

例（れい））社長（しゃちょう）は雑誌（ざっし）を読（よ）まれています。（　C　）

1　パンフレット（pamphlet）型錄，小冊子。

1）あした 来られますか。（　　　）

2）弟 にケーキを食べられました。（　　　）

3）山田さんは 納豆が食べられますか。（　　　）

4）陳さんは会社を辞められたそうです。（　　　）

5）王さんは タバコをやめられません。（　　　）

文型5）特別な謙譲語（レベル1）

例）あした家にいる。（普通体）

…あした 家にいます。（丁寧体）

↓あした 家におります。（謙譲語）

① 見る。

…＿＿＿＿＿＿＿＿＿＿＿＿＿＿＿＿。

↓＿＿＿＿＿＿＿＿＿＿＿＿＿＿＿＿。

② ゴルフをする。

…＿＿＿＿＿＿＿＿＿＿＿＿＿＿＿＿。

↓＿＿＿＿＿＿＿＿＿＿＿＿＿＿＿＿。

③ 陳先生を 知っている。

…＿＿＿＿＿＿＿＿＿＿＿＿＿＿＿＿。

↓＿＿＿＿＿＿＿＿＿＿＿＿＿＿＿＿。

④ 私 は謝と言う。

…＿＿＿＿＿＿＿＿＿＿＿＿＿＿＿＿。

↓＿＿＿＿＿＿＿＿＿＿＿＿＿＿＿＿。

⑤ コーヒーを飲(の)む。

…＿＿＿＿＿＿＿＿＿＿＿＿＿＿＿＿＿＿＿＿。

↓＿＿＿＿＿＿＿＿＿＿＿＿＿＿＿＿＿＿＿＿。

Q：来週(らいしゅう)のパーティーにいらっしゃいますか。
A：

文型(ぶんけい)6）謙譲語(けんじょうご)（レベル2）

例(れい)1）私(わたし)・荷物(にもつ)を持(も)つ

…私(わたくし)が 荷物(にもつ)を お持(も)ちします。

例(れい)2）私(わたし)・説明(せつめい)する。

…私(わたくし)が ご説明(せつめい)します。

① 私(わたし)・資料(しりょう)を調(しら)べる

…＿＿＿＿＿＿＿＿＿＿＿＿＿＿＿＿＿＿＿＿。

② 私(わたし)・コーヒーを入(い)れる

…＿＿＿＿＿＿＿＿＿＿＿＿＿＿＿＿＿＿＿＿。

③ 私(わたし)・本(ほん)を貸(か)す

…＿＿＿＿＿＿＿＿＿＿＿＿＿＿＿＿＿＿＿＿。

④ 私(わたし)・タクシーを呼(よ)ぶ

…＿＿＿＿＿＿＿＿＿＿＿＿＿＿＿＿＿＿＿＿。

⑤ 私(わたし)・空港(くうこう)まで田中社長(たなかしゃちょう)を送(おく)る

…＿＿＿＿＿＿＿＿＿＿＿＿＿＿＿＿＿＿＿＿。

⑥ 私（わたし）・あしたもう一度（いちど）連絡（れんらく）する

…＿＿＿＿＿＿＿＿＿＿＿＿＿＿＿＿＿＿＿＿＿＿＿＿＿＿＿＿＿＿。

⑦ 私（わたし）・パーティーを招待（しょうたい）する

…＿＿＿＿＿＿＿＿＿＿＿＿＿＿＿＿＿＿＿＿＿＿＿＿＿＿＿＿＿＿。

⑧ 私（わたし）・友達（ともだち）を紹介（しょうかい）する

…＿＿＿＿＿＿＿＿＿＿＿＿＿＿＿＿＿＿＿＿＿＿＿＿＿＿＿＿＿＿。

⑨ 私（わたし）・ホテルを予約（よやく）する

…＿＿＿＿＿＿＿＿＿＿＿＿＿＿＿＿＿＿＿＿＿＿＿＿＿＿＿＿＿＿。

⑩ 私（わたし）・また相談（そうだん）する

…＿＿＿＿＿＿＿＿＿＿＿＿＿＿＿＿＿＿＿＿＿＿＿＿＿＿＿＿＿＿。

Q：今度（こんど）の日曜日（にちようび）、高雄（たかお）をご案内（あんない）しましょうか。
A：

☆平成知恵袋（へいせいちえぶくろ）☆

い形容詞（けいようし）・な形容詞（けいようし）・名詞（めいし）の丁寧体（ていねいからだ）

	普通体（ふつうたい）	丁寧体（ていねいたい）	一番上（いちばんうえ）の丁寧体（ていねいたい）
い形容詞（けいようし）	忙（いそが）しい	忙（いそが）しいです	いそがしゅうございます
な形容詞（けいようし）	病気（びょうき）だ	病気（びょうき）です	病気（びょうき）でございます
名詞（めいし）	両親（りょうしん）だ	両親（りょうしん）です	両親（りょうしん）でございます

三 応用会話

15-2

場面：電話で

洪　：はい、平成日本語センターでございます。

伊藤：私は　東京新聞の伊藤と申しますが、謝先生は　いらっしゃいますか。

洪　：伊藤様でございますね。謝は　今おりませんが…。

伊藤：そうですか。何時ごろお帰りになりますか？

洪　：5時ごろ帰ると言っておりましたが…

伊藤：そうですか、じゃ、また5時ごろお電話いたします。

洪　：はい、わかりました。伊藤様から　電話があったことをお伝えします。

伊藤：はい、お願いいたします。失礼いたします。

………………………………… 5：30 …………………………………

謝　：はい、平成日本語センターでございます。

伊藤：東京新聞の伊藤ですが、謝先生をお願いしたいんですが…

謝　：伊藤さん、私が謝でございます。

伊藤：謝さん。明日のパーティーのことですが、出席されますか。

謝　：はい、出席いたします。

伊藤：ところで、平成大学の山田先生をご存知ですか。

謝　：はい、存じています。2週間前山田先生のお宅へ伺いました。

伊藤：そうですか。私は山田先生のご本は拝見したことがありますが、ご本人にお目にかかったことがありません。ぜひ、お会いしたいんですが…

謝　：山田先生はとても優しい方ですよ。明日のパーティーに山田先生もおいでになりますよ。

伊藤：本当ですか。あのう、よろしければ、ご紹介していただきたいんですが…

謝　：もちろん、いいですよ。じゃ、明日、パーティー会場でご紹介します。

伊藤：よろしくお願いいたします。

四 総合練習

練習1）＿★＿に入る ものは どれですか。1・2・3・4から一番いい ものを 一つ 選んでください。

①どうぞ、このいすに＿＿＿ ＿★＿ ＿＿＿ ＿＿＿。

1 に　　2 なって　　3 ください　　4 お掛け

②飲み物は＿＿＿ ＿＿＿ ＿★＿ ＿＿＿か。

1 何　　2 なさい　　3 に　　4 ます

③先生は＿＿＿ ＿＿＿ ＿★＿ ＿＿＿か。

1 おっしゃって　　2 いました　　3 何　　4 と

④今度の日曜日は＿＿＿ ＿＿＿ ＿★＿ ＿＿＿か。

1 お宅　　2 いらっしゃい　　3 ます　　4 に

⑤明日は＿＿＿ ＿＿＿ ＿★＿ ＿＿＿、いつでも いらっしゃってください。

1 から　　2 に　　3 うち　　4 おります

⑥お名前を＿★＿ ＿＿＿ ＿＿＿ ＿＿＿。

1 です　　2 伺いたい　　3 が　　4 の

練習2）（　　）の中から最も適当なことばを選んでください。

①いつ台湾へ（a.いらっしゃった　b.来られた　c.参った）んですか。

②私が（a.説明いたします　b.ご説明します　c.説明されます）。

③お宅の電話番号は この間（a.お聞きした　b.お聞きになった　c.伺った）ので、（a.存じております　b.ご存じです　c.ご存じております）。

④ A：いいデザインの靴(くつ)ですね。どちらで（a.お買(か)いになった　b.お買(か)いした　c.買(か)われた）んですか。

B：そごうで（a.買(か)いました　b.買(か)われました　c.お買(か)いしました）。

⑤ 私(わたし)は 来週(らいしゅう) 先生(せんせい)のお宅(たく)へ（a.伺(うかが)います　b.いらっしゃいます　c.来(こ)られます）。

練習(れんしゅう)3）□の中(なか)からことばを選(えら)んで、正(ただ)しい形(かたち)にして、（　　）に入(い)れてください。

おります	参(まい)ります	ございます	でございます
申(もう)します	伺(うかが)います	いたします	いただきます
なさいます	存(ぞん)じます	拝見(はいけん)します	なさいます
召(め)し上(あ)がります	おっしゃいます	ご存知(ぞんじ)です	
ご覧(らん)になります	いらっしゃいます		

① 木村(きむら)さんの結婚式(けっこんしき)の写真(しゃしん)を ご覧(らん)になりましたか。

…ええ、（　　　　　　　　　　　　　　　）。

② どうぞ たくさん 召(め)し上(あ)がってください。

…はい、（　　　　　　　　　　　　　　　）。

③ あの方(かた)の名前(なまえ)を ご存(ぞん)じですか

…いいえ、（　　　　　　　　　　　　　　）。

④ もっと 大(おお)きいサイズは ありませんか。

…申(もう)し訳(わけ)ありません、今(いま) このサイズしか（　　　　　　　　　　）。

⑤ どなたが 最初(さいしょ)に 挨拶(あいさつ)を なさいますか。

…私(わたし)が（　　　　　　　　　　　　　　　）。

⑥ 先生(せんせい)は いらっしゃいますか。

…今(いま)（　　　　　　　　　　　　　　　）が、6時(じ)までに 戻(もど)ると 思(おも)います。

⑦ 旅行(りょこう)の予定(よてい)を お聞(き)きに なりましたか。

…ええ、陳(ちん)さんに（　　　　　　　　　　　　　　　）。

⑧ この近(ちか)くに ポストが ありますか。

…いいえ、（　　　　　　　　　　　　　　　）。

⑨ いつ 平成日本語(へいせいにほんご)センターへ いらっしゃいますか。

…明日(あした)（　　　　　　　　　　　　　　　）。

⑩ 健康(けんこう)のために 何(なに)か（　　　　　　　　　　　　　　　）いますか。

…ええ、1 週間(しゅうかん)に 2回(かい) 水泳(すいえい)をしています。

⑪ あの眼鏡(めがね)を かけている方(かた)を（　　　　　　　　　　　　　　　）か。

…いいえ、知(し)りません。

⑫ お父(とう)さんは いつ 来(く)ると（　　　　　　　　　　　　　　　）。

…来月(らいげつ) 来(く)ると 言(い)いました。

⑬ もう 旅行(りょこう)の写真(しゃしん)を（　　　　　　　　　　　　　　　）か。

…はい、もう 見(み)ました。

⑭ 朝(あさ)は　いつも 何(なに)を（　　　　　　　　　　　　　　　）か。

…サンドイッチを 食(た)べます。

⑮ 社長が 会社へ（　　　　　　　　　　　）まえに、資料を 用意しなければなりません。

…そうですか。

練習4）（　　）に正しい使い方を選んでください。

① この時計、買ったんじゃなくて、友達が＿＿＿＿んです。

（a.あげた　b.もらった　c.くれた　d.やった）

② 母は 毎朝 庭の花に水を＿＿＿＿。

（a.もらいます　b.くれます　c.やります　d.さしあげます）

③ わたしは　田中先生をここで＿＿＿＿。

（a.お待ちいたします　b.お待ちいただきます　c.お待たせになります　d.お待たせいただきます）

④ 先生の趣味をお＿＿＿しました。

（a.たずねられ　b.たずね　c.たずねて　d.たずねって）

⑤ かばんの中に先生に＿＿＿＿大事な本が入っています。

（a.お貸しした　b.お貸しになった　c.お借りした　d.お借りになった）

⑥ 社長のお宅でおいしい日本料理を＿＿＿＿。

（a.いただきました　b.めしあがりました　c.お食べしました　d.お食べになりました）

⑦ 駅がどこにあるか分からないので、友達に連れて行って＿＿＿＿。

（a.あげます　b.もらいます　c.くれます　d.やります）

⑧ 父は　日本へ出張に行くと、いつも　お土産を買ってきて＿＿＿＿。

（a.あげます　b.もらいます　c.くれます　d.くださいます）

⑨ この指輪、母が誕生日に買って＿＿＿＿んです。

（a.あげた　b.もらった　c.くれた　d.やった）

⑩ 田中さんが　撮った　写真を＿＿＿＿か。

（a.お見えしました　b.ご覧いたしました　c.お見になりました　d.ご覧になりました）

⑪ このおかし、お客様に＿＿＿＿から、食べてはいけませんよ。

（a.いただく　b.くださる　c.めしあがる　d.さしあげる）

⑫ 社長は　なんとお答えに＿＿＿＿か。

（a.しました　b.いました　c.なりました　d.ありました）

⑬ A：「先生、今日は何時まで　学校にいらっしゃいますか」

B：「6時まで＿＿＿＿。」

（a.いらっしゃいます　b.おります　c.まいります　d.います）

⑭ A：「きみ、わたしの傘は　どこにあるの。」

B：「社長の傘は　ここに＿＿＿＿。」

（a.いらっしゃいます　b.おります　c.います　d.ございます）

⑮ 先生に分からない問題を教えて＿＿＿＿。

（a.やりました　b.もらいました　c.くれました　d.いただきました）

アクセントの確認（かくにん）

15-3

文型（ぶんけい）1）

① せんせいは なにかいいましたか。

せんせいは なにかおっしゃいましたか。

② ぶちょうは りょこうのしゃしんを みますか。

ぶちょうは りょこうのしゃしんを ごらんになりますか。

③ せんせいは コーヒーを のみますか。

せんせいは コーヒーを めしあがりますか。

④ おきゃくさまは にほんえんのいちまんえんさつのひとのなまえを しっていますか。

おきゃくさまは にほんえんのいちまんえんさつのひとのなまえを ごぞんじですか。

⑤ ぶちょうは ゴルフをしますか。

ぶちょうは ゴルフをなさいますか。

文型（ぶんけい）2）

① しゃちょうは すずきさんに おあいになりました。

② ぶちょうは にっこうのりょかんに おとまりになりました。

③ おきゃくさまは もうおかえりになりました。

④ かちょうは あたらしいパソコンを おつかいになりました。

⑤ せんせいは にほんごのしんぶんを およみになりました。

文型3）

①しゃちょうは かえられましたか。

②かちょうは しゅっちょうされましたか。

③たなかさんは なんじのひこうきに のられますか。

④ぶちょうは でかけられましたか。

⑤しゅにんは おみやげを かわれましたか。

文型4）

①しばらく ここで おまちください。

②どうぞ、かいぎしつに おはいりください。

③どうぞ、おかねを おたしかめください。

④どうぞ、おもちください。

⑤どうぞ、あたらしいパンフレットを おとりください。

文型5）

①みます。

はいけんします。

②ゴルフを します。

ゴルフを いたします。

③ちんせんせいを しっています。

ちんせんせいを ごぞんじです。

④ わたしは　しゃといいます。

わたくしは　しゃともうします。

⑤ コーヒーを　のみます。

コーヒーを　いただきます。

文型(ぶんけい)6）

① わたくしが　しりょうを　おしらべします。

② わたくしが　コーヒーを　おいれします。

③ わたくしが　ほんを　おかしします。

④ わたくしが　タクシーを　およびします。

⑤ わたくしが　くうこうまで　たなかしゃちょうを　おおくりします。

⑥ わたくしが　あしたもういちど　ごれんらくします。

⑦ わたくしが　パーティーに　ごしょうたいします。

⑧ わたくしが　ともだちを　ごしょうかいします。

⑨ わたくしが　ホテルを　ごよやくします。

⑩ わたくしが　また　ごそうだんします。

付録（一）動詞：

ます形	辞書形	unit	意味
あいします	愛する	12	愛、喜愛
あいます	遭う	4	遭遇、碰上
あがります	上がる	11	登上、提高
あきます	開く	6	開、打開
あきらめます	諦める	11	放棄、死心
あけます	開ける	6	開、打開
あたためます	温める	9	加熱、加溫
あつまります	集まる	6	聚集
あつめます	集める	6	集合、收集
あやまります	謝る	4	道歉、謝罪
あるきます	歩く	2	走、步行
あんしんします	安心する	13	安心
いたします	致す	15	做（謙讓語）
いただきます	頂く	15	吃、喝、收到（謙讓語）
いらっしゃいます	いらっしゃる	15	在、來、去（尊敬語）
いります	入る	6	入、進入
いれます	入れる	6	裝進、放入
うえます	植える	6	栽、植
うかがいます	伺う	15	問、聽到、拜訪（謙讓語）
うけいれます	受け入れる	5	接收、接納
うけます	受ける	11	接受、答應
うごきます	動く	2	變動、移動
うそをつきます	嘘をつく	5	說謊
うちます	打つ	8	打、擊

ます形	辞書形	unit	意味
うりきれます	売り切れる	9	售罄、售完
うります	売る	6	賣、銷售
うれます	売れる	4	暢銷、好賣
えます	得る	10	得到、獲得
えらびます	選ぶ	12	選、挑
おあいいになります	お会いになる	15	見面（尊敬語）
おいでになります	おいでになる	15	來、去（尊敬語）
おききします	お聞きする	15	問（謙讓語）
おききになります	お聞きになる	15	問（尊敬語）
おきます	起きる	5	發生、起床
おこします	起こす	6	引起、叫醒
おこないます	行う	12	進行、舉行
おしゃべりします	おしゃべりする	2	聊天
おちこみます	落ち込む	13	陷入、消沉
おちます	落ちる	4	掉落、脫落
おっしゃいます	おっしゃる	15	說（尊敬語）
おとします	落とす	6	弄掉、遺失
おどろきます	驚く	3	嚇、驚訝
おみせになります	お見せになる	15	給~看（尊敬語）
おめにかかります	お目にかかる	15	見面（謙讓語）
おめにかけます	お目にかける	15	給~看（謙讓語）
おもいだします	思い出す	13	想起、回憶起
おります	折る	6	折、摺疊
おります	おる	15	在（謙讓語）
おれます	折れる	6	摺疊、折斷
おろします	下ろす	9	取出（存款）、放下

ます形	辞書形	unit	意味
かいさいします	開催する	12	召開、舉辦
かいほうします	開放する	13	開放、公開
かいます	飼う	9	養
かえます	変える	6	改變、變更
かえます	換える	9	交換、變換
かかります	かかる	2	垂掛、吊起
かかります	掛かる	6	上（鎖）、掛
かけます	かける	4	打（電話）
かけます	掛ける	6	鎖上、掛
かざります	飾る	6	裝飾
かたづきます	片付く	6	收拾、整理
かたづけます	片付ける	6	收拾、整理
かちます	勝つ	2	勝、贏
がっかりします	がっかりする	13	失望
かわきます	乾く	5	乾燥
かわります	変わる	6	變、變化
かんがえます	考える	6	想、思考
かんじます	感じる	13	感覺、感受
がんばります	頑張る	5	加油、努力
きえます	消える	6	消失、熄滅
ききとります	聞き取る	9	聽懂、聽見
きこえます	聞こえる	9	聽得見
きこくします	帰国する	11	回國
くさります	腐る	6	腐爛
くださいます	くださる	15	給（尊敬語）
くちにあいます	口に合う	11	合口味、對胃口

ます形	辞書形	unit	意味
くみたてます	組み立てる	8	裝配、組合
けします	消す	6	消除、熄滅
けっせきします	欠席する	9	缺席
こしょうします	故障する	4	故障
コピーします	コピーする	7	影印
こみます	込む	2	混雜、擁擠
ごらんになります	ご覧になる	15	看（尊敬語）
こわします	壊す	6	弄壞、損毀
こわれます	壊れる	6	壞、碎
さがします	探す	9	找
さがります	下がる	4	下降、降落
さくせいします	作成する	12	作、製作
さしあげます	差し上げる	15	給（謙讓語）
さんかします	参加する	9	參加
しかります	叱る	13	責備、批評
しにます	死ぬ	11	死、死亡
しまいます	しまう	6	結束、終了
しまります	閉まる	6	關、關門
しめます	閉める	6	關閉、闔上
しゅうりします	修理する	2	修理
じゅけんします	受験する	9	報考、應試
しょうかいします	紹介する	12	介紹
しょうたいします	招待する	15	招待、邀請
ジョギングします	ジョギングする	9	慢跑
しょくじします	食事する	5	吃飯
しんじます	信じる	5	相信、信賴

ます形	辞書形	unit	意味
すぐれます	優れる	4	好、出色
すすみます	進む	8	前進、進步
せいりします	整理する	6	整理
せつめいします	說明する	1	說明、解釋
そうさします	操作する	8	操作
ぞんじております	存じておる	15	知道（謙讓語）
ぞんじます	存じる	15	想（謙讓語）
たいいんします	退院する	8	出院
たおれます	倒れる	13	倒、塌、倒下
だします	出す	6	拿出、送出
たてます	建てる	11	建造、建立
たのみます	頼む	8	委託、依賴
チェックします	チェックする	8	檢查
ちがいます	違う	5	不同、錯誤
ちこくします	遅刻する	9	遲到
ちゅうしします	中止する	10	中止、中斷
ちゅうもんします	注文する	11	訂貨、點
つきます	着く	2	到達、抵達
つきます	付く	6	附著、沾上
つけます	付ける	6	裝上、帶上
つたえます	伝える	4	傳達、傳導
つづきます	続く	6	持續、連續
つづけます	続ける	5	繼續、連續
つつみます	包む	2	包、籠罩
つります	釣る	9	釣、引誘
ていしします	停止する	10	停住、停止

ます形	辞書形	unit	意味
できます	できる	1	做好、完成
てんきんします	転勤する	12	轉職
とどきます	届く	6	送達、送到
とどけます	届ける	6	送給、送去
とまります	止まる	6	停止、停住
とめます	止める	6	止、停止
なおします	治す	6	治療
なおります	治る	6	痊癒
なきます	泣く	13	哭
なくします	なくす	6	丟、弄丟
なくなります	なくなる	6	消失、不見
なさいます	なさる	15	做（尊敬語）
なやみます	悩む	13	煩惱
ならびます	並ぶ	6	排、列隊
ならべます	並べる	6	排列
なれます	慣れる	6	習慣
にゅういんします	入院する	14	住院
にゅうしゃします	入社する	8	進公司
にんしんします	妊娠する	9	懷孕
ぬけます	抜ける	8	穿過、脫落
ぬれます	濡れる	6	淋濕、濕潤
のせます	載せる	10	放、記載
のびます	延びる	14	延長、延期
はいけんします	拝見する	15	看（謙讓語）
はいたつします	配達する	7	送、投遞

ます形	辞書形	unit	意味
はじまります	始まる	6	開始、發生
はじめます	始める	5	開始
はしります	走る	2	跑
はずれます	外れる	6	脫落、偏離
はったつします	発達する	9	發展、發育
はなみします	花見する	10	賞花
はります	貼る	6	貼、黏
はれます	晴れる	11	放晴
ひきます	引く	2	拉、拖
びっくりします	びっくりする	13	吃驚、驚嚇
ひらきます	開く	6	開、打開
ふえます	増える	6	增加
ふきます	吹く	5	吹
ふとります	太る	2	胖、發福
ふみます	踏む	12	踩、踏
へります	減る	6	減少
ほめます	褒める	2	稱讚、讚美
ほんやくします	翻訳する	12	翻譯
まいります	参る	15	來、去（謙讓語）
まがります	曲がる	2	彎、彎曲
まぜます	混ぜる	2	攪拌、混合
まにあいます	間に合う	4	趕上、來的及
まわします	回す	2	轉動、轉
みえます	見える	9	看的到
みつかります	見つかる	6	找到、發現

ます形	辞書形	unit	意味
みつけます	見つける	6	找到、發現
みます	診る	12	診察、看（病）
むかえます	迎える	7	迎接、迎
めしあがります	召し上がる	15	吃、喝（尊敬語）
もうします	申す	15	說（謙讓語）
もえます	燃える	14	燃燒
もどします	戻す	6	歸還、放回
もどります	戻る	4	恢復、回到
やきます	焼く	1	燒、烤
やくにたちます	役に立つ	4	有用處、有益處
やけます	焼ける	6	著火、燃燒
やせます	痩せる	4	瘦
やぶります	破る	6	撕破、弄破
やぶれます	破れる	6	撕破、破
やめます	辞める	2	辭職、停學
ゆがみます	歪む	6	歪斜、歪曲
ゆしゅつします	輸出する	12	輸出
ゆるします	許す	5	允許、許可
よういします	用意する	9	準備、預備
よごします	汚す	6	弄髒
よごれます	汚れる	6	髒
りかいします	理解する	5	理解、了解
りゅうがくします	留学する	2	留學
りょうがえします	両替する	7	換錢
れんしゅうします	練習する	8	練習

ます形	辞書形	unit	意味
れんらくします	連絡する	2	聯絡
わたします	渡す	6	交付、交給
わります	割る	6	分、割
われます	割れる	5	分裂、裂開

付録（二）い形容詞、な形容詞：

い形容詞	漢字	unit	意味
うすい	薄い	1	薄、淡、淺
おそい	遅い	2	慢的、晚的
きびしい	厳しい	12	嚴格、嚴重
くるしい	苦しい	5	痛苦
くわしい	詳しい	1	詳細
こい	濃い	5	深、濃
こまかい	細かい	1	細微、零碎
つよい	強い	1	強壯、強烈
とおい	遠い	2	遠、遙遠
みじかい	短い	1	短、近

な形容詞	漢字	unit	意味
ざんねん	残念	13	可惜、遺憾
じゆう	自由	12	自由、隨意
しょうじき	正直	8	誠實、正直
じょうぶ	丈夫	5	健壯、堅固
しんせん	新鮮	14	新鮮
だいじ	大事	15	重要、寶貴
ていねい	丁寧	1	禮貌、小心
ねっしん	熱心	4	熱心、熱誠
ふしぎ	不思議	3	不可思議、奇異
ふべん	不便	2	不方便
まじめ	真面目	4	認眞、老實
ゆたか	豊か	5	富裕、充裕

付録（三）名詞：

	漢字	unit	意味
あいさつ	挨拶	15	招呼
あいだ	間	8	之間
あみだな	網棚	14	網架
アレルギー		14	過敏
アンケート		12	問卷
あんしょうばんごう	暗証番号	4	密碼
いここち	居心地	10	心情、感覺
いちじ	一時	10	當時、一時
ウイスキー		9	威士忌
うりあげ	売り上げ	10	銷售額、營業額
うわき	浮気	5	外遇
おうふく	往復	1	來回
おせいぼ	お歳暮	7	年終、年末
おと	音	9	聲音
おぼんやすみ	お盆休み	4	盂蘭盆會假期
かいさつぐち	改札口	8	剪票口
かかり	係り	12	擔任者
カロリー		5	卡洛里
かんしょく	間食	2	零食、點心
かんづめ	缶詰	6	罐頭
きしゃ	貴社	7	貴公司
きぶん	気分	13	心情
きもの	着物	1	和服
キャンプ		10	露營

	漢字	unit	意味
きゅうか	休暇	8	休假
ぎょうれつ	行列	11	行列、隊伍
ぐあい	具合	7	情況、狀態
くもり	曇り	13	陰天
けいき	景気	11	景氣
けいじばん	掲示板	6	布告欄
こうさてん	交差点	5	十字路口
こうじ	工事	10	工程
こうじょう	工場	10	工廠
ごうとう	強盗	10	強盜
こうばん	交番	5	派出所
こえ	声	9	聲音
コート		14	外套、大衣
ゴール		11	終點
ごじつ	後日	10	日後、將來
ごぞんじ	ご存知	15	知道
ことば	言葉	12	語言
さいせいボタン	再生ボタン	5	播放鍵
さいふ	財布	6	錢包
さか	坂	8	坡
さしみ	刺身	9	生魚片
じ	字	1	字
しあい	試合	2	比賽
しかた	仕方	12	方法、辦法
しなもの	品物	10	物品、商品

	漢字	unit	意味
しゅみ	趣味	15	興趣、愛好
しょうしん	昇進	7	晉升、升級
じょゆう	女優	14	女演員
すいえい	水泳	15	游泳
ストーブ		10	暖爐
ストレス		13	壓力
せいさんライン	生産ライン	10	生產線
せいりせいとん	整理整頓	9	整理整頓
セールスマン		12	推銷員
そうおん	騒音	13	噪音
そうじき	掃除機	6	吸塵器
そうだん	相談	10	商量
そうべつかい	送別会	11	送別會
そくしん	促進	12	促進
ダイエット		11	減肥
だいとうりょう	大統領	4	總統
ダイナマイト		12	炸彈
たいふう	台風	14	颱風
たべほうだい	食べ放題	5	吃到飽
だんボールばこ	段ボール箱	9	紙箱
ちあん	治安	9	治安
ちゃわん	茶碗	6	碗
ちゅうしゃじょう	駐車場	8	停車場
ちょうし	調子	8	程度、情況
ちょさくしゃ	著作者	10	作者

	漢字	unit	意味
ちょっこうびん	直行便	9	直飛、直達
つごう	都合	4	情況、安排
つもり		11	打算
てあて	手当	4	津貼、補助
てんきよほう	天気予報	4	天氣預報
てんとうまわり	店頭回り	12	店頭巡視
てんぽ	店舗	12	店、店鋪
どくしん	独身	8	單身
どろぼう	泥棒	12	小偷
なだれ	雪崩	13	雪崩
なみ	波	9	海浪
ニーズ		12	需求
ねむけ	眠気	13	睡意
ハイキング		10	郊遊
はいざら	灰皿	5	菸灰缸
ばいてん	売店	8	小賣部
はだ	肌	1	肌膚
パンフレット		15	場刊、宣傳冊
はんぶん	半分	1	一半
ヒーター		6	暖氣
ピカソ		12	畢卡索
ひじょうぐち	非常口	4	緊急出口
ひっこし	引越し	1	搬家
ファイル		6	文件夾、檔案
へんじ	返事	4	回答、回覆

	漢字	unit	意味
マニュアル		8	指南
マラソン		10	馬拉松
みまい	見舞い	4	慰問、問候
メロン		1	哈密瓜
もの	者	12	人
ものわすれ	物忘れ	10	健忘
やくそく	約束	13	約定
やしょく	夜食	11	宵夜
やじるし	矢印	8	箭頭
やちん	家賃	5	租金
ゆにゅうひん	輸入品	1	進口品
ゆびわ	指輪	15	戒指
ようじ	用事	13	事、事情
りょう	量	1	量
りょうきん	料金	10	費用
るす	留守	14	不在家
レシピ		8	食譜
ローマじ	ローマ字	12	羅馬字母
ロビー		4	大廳
わかもの	若者	14	年輕人、青年
わるくち	悪口	2	壞話

各課文型

1　彼女はきれいになりました。
文型1）～くなる・になる
文型2）～くする・にする
文型3）～にする（選択）
文型4）～する（かかる）
文型5）～く・に+動詞
2　日本人は　歩くのが速いです。
文型1）～と～（必然結果）
文型2）～のが
文型3）～のは
文型4）～のに（目的）
文型5）～のを
文型6）～のは（代名詞）
3　来週からテストなんです。
文型1）～んですか（疑問）
文型2）～んです（補足説明）
文型3）～んですが、～（理由・事情の説明）
文型4）～んですが、～（アドバイスを求める）
文型5）～たら・～ても（否定の仮定）
文型6）～か、～・～かどうか～
4　社長は　あした休むと言っていました。
文型1）～と言っていました・～と伝えてください。

文型2）～によると、～そう（伝聞）

文型3）～も～し、～も～し、それで～・～も～し、～も～し、それに～

文型4）～ので

文型5）～のに（矛盾・不満）

文型6）～場合

5　コーヒーを飲みながら、話しませんか。

文型1）～ながら

文型2）～すぎる・すぎて

文型3）～にくい・～やすい

文型4）～がたい

文型5）動詞+方（方法）

文型6）～始める・出す・ ける（複合動詞）

6　ドアが　開いています。

文型1）自動詞（目の前の状況）

文型2）～てある

文型3）～ておく

文型4）～てみる

文型5）～てしまう

文型6）～てくる・いく

7　父が　くれた本です。

文型1）～てあげる・もらう・くれる

文型2）やる・あげる・さしあげる

文型3）もらう・いただく

文型4）くれる・くださる

文型5）～ていただきませんか・くださいませんか

8　どうしたらいいですか。

文型1）～ほうが～（アドバイス）

文型2）～たまま

文型3）～たばかり

文型4）～たところ（直後）

文型5）～たところに（場所の指示）

文型6）～とおり

文型7）はず・はずがありません

9　日本語が　話せるようになりました。

文型1）可能形

文型2）見える・聞こえる

文型3）～は、～は（対比）

文型4）～も（取立て）

文型5）～ようになる

文型6）～ようにする

文型7）～ように（目的）

文型8）～ために

10　読めばわかる

文型1）条件形（動詞）

文型2）条件形（い形容詞）

文型3）条件形（な形容詞・名詞）

文型4）～なら

文型5）～ば～ほど

文型6）～は～意味（標示）

文型7）命令形

文型8）～は～意味（禁止）

11　留学に行こうと考えています。

文型1）意向形

文型2）意向形+と思う

文型3）～つもり

文型4）でしょう（推量）

文型5）かもしれません

文型6）にちがいありません

文型7）でしょう（確認）

12　誰かに足を踏まれました。

文型1）受身形（有情の受身）

文型2）受身形（迷惑）

文型3）受身形（無情の受身）

文型4）受身形（客観説明）

文型5）「に」の使役文

文型6）「を」の使役文

文型7）依頼文

文型8）使役受身の作り方
13　昇進して嬉しいです。
文型1）て・なくて（原因・理由（動詞））
文型2）て・なくて（原因・理由（形容詞））
文型3）て・なくて（原因・理由（名詞））
文型4）わけ（原因・理由（名詞））
文型5）おかけで・せいで
14　雪が 降りそうです。
文型1）～よう（推量）
文型2）～みたい（推量）
文型3）～よう（比況）
文型4）～ように・～ような（具体例）
文型5）～そう（様態）
文型6）そうもありません・なさそう（様態の否定形）
15　社長は　いらっしゃいますか。
文型1）特別な尊敬語
文型2）尊敬語（～になります）
文型3）尊敬語（～られます）
文型4）尊敬語（依頼形）
文型5）特別な謙譲語
文型6）謙譲語（～します）

國家圖書館出版品預行編目資料

平成式日語學習：N4／陳志坪，謝凱雯著.
－－初版. －－臺北市：五南，2016.01
面；　公分
ISBN 978-957-11-8421-0（平裝）

1.日語　2.讀本

803.18　　104025475

1XOJ

平成式 日本語學習～N4

作　　者— 陳志坪、謝凱雯
發 行 人— 楊榮川
總 編 輯— 王翠華
主　　編— 朱曉蘋
封面照片提供者— 林亦峰（京都旅人）
封面設計— 陳翰陞
插　　圖— 凌雨君
出 版 者— 五南圖書出版股份有限公司
地　　址：106台北市大安區和平東路二段339號4樓
電　　話：(02)2705-5066　傳　　真：(02)2706-6100
網　　址：http://www.wunan.com.tw
電子郵件：wunan@wunan.com.tw
劃撥帳號：01068953
戶　　名：五南圖書出版股份有限公司
法律顧問　林勝安律師事務所　林勝安律師
出版日期　2016年1月初版一刷
定　　價　新臺幣400元